A INSTANCIA DE PARTE

BIBLIOTECA DE ESCRITORAS

MERCEDES FORMICA

A INSTANCIA DE PARTE

Edición, introducción y notas
de
MARÍA-ELENA BRAVO

Editorial CC Castalia
INSTITUTO DE LA MUJER

Copyright © Editorial Castalia, S.A. 1991

Zurbano, 39 - 28010 Madrid - Tels. 319 89 40 - 319 58 57

Cubierta de Víctor Sanz

Impreso en España, Printed in Spain

por Unigraf, S.A. (Móstoles) Madrid

I.S.B.N. 84-7039-596-3

Depósito Legal: M. 10.941-1991

SUMARIO

Introducción

Los comienzos

Mercedes Fórmica nació en Cádiz en 1918 y en esa ciudad vivió los primeros años de su vida. Su padre era un ingeniero de procedencia catalana y su madre andaluza; la familia estaba compuesta por el matrimonio y cuatro hijas, María Luisa, Mercedes, Elena y Margarita; más tarde en Sevilla nacieron el único varón, Pepe, y la pequeña Marita. En su libro de memorias, *Visto y vivido*, Mercedes Fórmica hace varias alusiones, al hilo de una complicada maraña social, al atormentado matrimonio de sus padres. La madre educada en un colegio de monjas irlandesas, se perfila en los recuerdos de la infancia como una mujer indefensa que recordaba sus seis años en el Peñón como los más felices de su existencia.[1] Aquella lejana y elemental educación no tuvo otra finalidad que el matrimonio. Los escasos datos de la madre tal como aparecen en las memorias de nuestra autora dan

1. Mercedes Fórmica, *Visto y vivido* (Barcelona, Planeta, 1982), p. 18. Las referencias adicionales a este libro irán insertas en el texto.

7

de una vida alienada. El recuerdo de la madre ᴊras la propia Mercedes está, a su vez, interna en un ᴊgio atraviesa así las páginas: "¿Estaría muerta mi ma- e? Me desvelaba su recuerdo, sus ojos celestes cuajados de lágrimas aquellos ojos de algunos amaneceres, brillantes de haber llorado". La tensión y falta de entendimiento entre marido y mujer se insinúa en el miedo de los niños ante las discusiones familiares sobre temas que quedarán indelebles en la memoria de la futura abogada novelista. El germen de la novela. *A instancia de parte* puede verse en la descripción de aquellas serias discusiones, en las que, repetidamente, se trataba del caso del matrimonio Munter, conocido de la familia, y de su separación al ser acusada la esposa de flagrante delito de adulterio: "La ley amparaba a Munter que obtuvo la guarda de los hijos y la devolución de la [esposa] mestiza a Manila. La solución indignaba por igual a mis progenitores. A mamá por considerarla injusta. A papá por no compartir su criterio" (p. 88). Las niñas intentaban romper estas tensiones cambiando los temas de la conversación: "Respirábamos aliviadas. De momento la discusión había cesado..." (p. 90). La madre, inteligente, sufre la indefensión de ser mujer y planea para sus hijas un futuro de independencia al que ella no podía aspirar. La idea le viene de la Institución Libre de Enseñanza de la que procedía una amiga profesora de la Escuela Normal de Granada. En su libro *La mujer en España,* María Campo Alange habla del Congreso Pedagógico Hispanoluso-Americano de 1899 y cita algunos párrafos de la ponencia de Concepción Arenal: "Lo primero que necesita la mujer es afirmar su personalidad, independiente de su estado, y persuadirse de que, soltera, casada o viuda, tiene deberes que cumplir, derechos que reclamar, dignidad que no depende de nadie, un trabajo que realizar, e idea de que la vida es una cosa

seria, grave, y que si la toma como juego, ella será inde-
fectiblemente juguete".[2] Al escuchar estas ideas, las com-
partidas por la anónima profesora con la madre de Mercedes en un balneario veraniego, "mamá se rindió al canto
de la sirena de una española evolucionada, capaz de ganarse la vida con su trabajo, sin mirar el matrimonio como
una especie de colocación", y adoptó una decisión cho-
cante para la sociedad sevillana clasista y dura, como se
percibe constantemente en la obra de Mercedes Fórmica.
Una religiosa profesora de música de la madre "intentó
disuadirla asegurándole que si pisábamos la Universidad,
nunca nos casaríamos en Sevilla. Las chicas estudiantes
ocupaban, frente a la sociedad, una situación ambigua,
mezcla de prostitutas y cómicas" (p. 12). Las tres herma-
nas mayores fueron enviadas a un colegio de Escolapias
de Córdoba donde en un internado empezaron a cursar el
bachiller. Algunos recuerdos quedaban grabados en la
conciencia de la universitaria en ciernes, muy sensible,
para lo injusto: "Las becas no podían reír en clase, ni
hablar en filas, ni portarse mal. Las becas eran niñas
como las otras y se sabía que eran becas porque las monjas lo pregonaban". Es éste un ejemplo de su respuesta a
la conciencia de clase de la burguesía andaluza que tan
ambiguo reflejo alcanzará en nuestra autora, las becarias
de su colegio cordobés representaban un valor intuido
pero no reconocido aún como tal, "más tarde, en la Universidad, aprendería que ser una beca era el máximo ga-
lardón que podía obtener un estudiante".[3]

2. María Laffitte y Pérez del Pulgar, Condesa de Campo Alange, *La mujer en España. Cien años de su historia* (Madrid, Aguilar, 1964), p. 161.
3. *Visto y vivido*, p. 14. Mercedes Fórmica se refiere a las personas beca-
das, que en consecuencia son becarias, como becas (estipendio recibido),
parece que esta sinécdoque pertenece a la lengua estudiantil andaluza de
esos años.

9

A partir de la muerte de la hermana mayor, María Luisa, las niñas permanecieron en Sevilla en otro colegio de monjas, las del Sagrado Corazón donde "El hecho de ser la primera alumna del colegio que estudió bachillerato me hizo vivir como una apestada, sensación que mi hermana Elena compartió después por idénticas razones". En 1931, año de la llegada de la República, Mercedes Fórmica se preparaba para la reválida en una academia donde intimó con jóvenes procedentes de familias menos tradicionales, también estudiantes, y si bien algunas de estas amistades simpatizaban con el nuevo régimen, el ambiente que la rodeaba era, desde luego, netamente conservador: "El 14 de abril de 1931, todos los miembros de mi familia eran monárquicos; ser republicano en una capital de provincias, significaba una tragedia" (p. 24). Desde sus primeros años Mercedes Fórmica aparece como desarraigada del sistema social que la rodea a causa de una perspectiva que le proporciona la educación superior que ha recibido y asimilado. La voluntad materna auspiciando la educación como única clave para la liberación de la mujer fue la que provocó, pues, el comienzo de una incomodidad intelectual que Mercedes Fórmica va a experimentar a lo largo de su vida. Se iniciará entonces un continuo debate entre la inserción en un ambiente social al que pertenece y el rechazo de ese mismo ambiente en virtud de una visión mucho más amplia adquirida a través de su entrega al mundo de la cultura.

La Universidad de Sevilla

La entrada en la Universidad en 1932 supuso un replanteamiento de su concepto de adquisición de conocimientos aunque el entorno fuera aún muy anticuado en Sevilla

10

y estuviera lleno de reminiscencias clasistas. Mercedes, por ejemplo, tenía una señora de compañía para trasladarse al recinto universitario y esta "doña" esperaba a que terminasen las clases "recluida en el salón de las señoritas". No obstante se abría un mundo nuevo que ofrecía contraste inmediato con sus experiencias previas. La Institución Libre de Enseñanza asomó de nuevo en el horizonte, ahora como entidad más cercana que Mercedes Fórmica comenzó a valorar: "No bien pisé la Universidad, comprendí mi falta de preparación para pasar de un colegio de monjas y una academia insignificante al mundo de la pura ciencia. Sabía de memoria con preguntas y respuestas el catecismo de Ripalda e ingoraba los fundamentos de la teología" (p. 44). Su amiga Carmen Carvajal, de familia republicana y alumna del Instituto-Escuela es quien va a darle una base comparativa crítica; esta compañera tenía un conocimiento inmediato del arte a través de visitas a museos y a monumentos históricos, de las ciencias gracias a una familiaridad con prácticas en laboratorios, de literatura por medio de unas lecturas que en las memorias de Fórmica, no aparecen como elemento de formación: "Mi falta de base literaria también resultaba notable, ignoraba la obra y hasta la existencia de Juan Ramón y Machado, por no citar sino a poetas andaluces, y de la vena popular sólo recordaba coplas oídas en la infancia a nuestras niñeras" (p. 45).

Los catedráticos de más influencia en la joven Mercedes también suscitaban el eco de la gran fuerza intelectual que fue la Institución de Giner de los Ríos. A José Antonio Rubio Sacristán, catedrático de Historia del Derecho, compañero de la Residencia en Madrid le había dedicado Lorca "Muerte de Antoñito el Camborio". Así llega a Mercedes la figura de este poeta por primera vez en 1932: "Una mañana de febrero, a la salida de clase, Rubio Sacristán repartió entre sus alumnos un puñado de invitaciones, acompañadas de estas palabras: —'No dejen de ir. Son para la conferencia que da esta tarde, en el teatro Imperial, un poeta de mucho talento, Federico García Lorca' " (p. 63). El patio de butacas permanecería vacío "apenas se ocuparon tres filas, las tres por alumnos de Rubio, y Guillén. En contraste palcos y plateas aparecían abarrotados de poetas, lectores y colaboradores de la revista *Mediodía* socios del Ateneo, catedráticos contertulios de Sánchez Mejías y Belmonte" (p. 64). Como veremos, la futura formación de Fórmica se acercará más y más a los componentes de *Mediodía,* en una Sevilla que ofrecía el ambiente clasista y cerrado al que ella también pertenecía.

Otro catedrático procedente de la Institución que a partir de esta época dejó en nuestra autora una huella permanente fue Manuel Pedroso quien le prestó el apoyo moral esencial para llegar a poseer la seguridad en su propia valía. De esta constatación Mercedes Fórmica sacará sin duda fuerzas para su futura batalla como mujer independiente, inteligente, capacitada plenamente para el desarrollo de una profesión: "Tras un examen parcial se interesó por mi futuro y, al confiarle mis deseos de seguir la carrera diplomática, me ofreció su ayuda: —Reúne todas las cualidades. Cuando llegue el momento, si continúo en el tribunal, tendrá plaza. Mujeres de su talante es lo que necesita la República" (p. 79). El ayudante de Pedroso, Javier Conde, futuro Director del Instituto de Estudios Políticos, será quien preste a esta mujer, como veremos, en unas circunstancias mucho más hostiles, un respaldo esencial.

Mientras tanto la adolescente sigue inmersa en otro mundo que contrasta con este de apertura y brillo intelectual que acabamos de percibir. Se van perfilando en ella rasgos esencialmente tradicionales muchos de ellos expresivos de una poderosa visión estética de la vida que capta sagazmente. Hay aspectos frívolos pero al mismo tiempo valiosos para su temperamento de futura novelista que son parte de su visión global del mundo; veamos algunos ejemplos, el primero referido a una amiga del todo alejada del ambiente académico: "Entre sus vestidos figuraba un sastre de crepé azul, diseñado por el modisto Max, completado por una blusa blanca, adornada con dos pensamientos del color del traje, situados sobre el pecho, con tan perversa intención, que fueron causa de imprevisibles desavenencias conyugales" (p. 36). Una y otra vez se percibe el gusto por los aspectos marcadamente clasistas: "En plena República estrené un traje Chanel. Parece imposible que tal cosa sucediera; sin embargo era un modelo auténtico, traído directamente de la Maison Haute Couture que dirigía en París la famosísima Cocó, la más elegante modista de todos los tiempos" (p. 34). La mezcla de estos ingredientes, preocupación social o urgencia de lo ético y atracción poderosa hacia los rasgos estéticos que realza la burguesía a la que pertenece, provoca una clara estridencia que se observa de continuo: "Un conjunto de mujeres rubias, altas esbeltas, doradas desafiaban con su belleza al poco agraciado 'zócalo negro'. Silvia Domecq, Dagmar Williams, Beluca Camporreal, Mercedes Larios, Carmen Carranza, cruzaban la pista de baile vestidas de colores pálidos-rosa, amarillo, blanco, turquesa— en trajes realizados en hilo, shantung o seda natural..." (p. 38). Mercedes puede enfrentarse no obstante a ese "zócalo negro" (formado por las madres de la alta sociedad sevillana sentadas, escrutando, en torno al salón de baile) al ofrecer su amistad abierta a una muchacha de la "casta intocable". En sus Memorias aparece en este punto un relato concerniente a su única compañera de curso en la Universidad cuya madre mostraba una "marcada predilección hacia los rasos chirriantes". Mercedes se da cuenta de la importancia de su amistad para su vulnerable compañera, víctima de una tragedia que en nuestros días se ha comenzado a denunciar y combatir —el maltrato doméstico y el incesto— hechos que constituían un conocido pero silenciado escándalo: "Ahora parece fácil, sin embargo, en la inseguridad de la adolescencia aquel desafío al terrible zócalo negro que no dejaba de mirarme se me representaba como una acto heroico" (p. 76).

Es muy importante contemplar esta conjunción para entender el proceso intelectual de Mercedes Fórmica, ella misma símbolo tan viviente de toda la ambigüedad y dificultad de la mujer para salir conscientemente de un entramado social enconado y milenario: "si por un lado frecuentaba la Universidad, por otro asistía a 'los jueves' del *Llorens* a 'los lunes' del *Pathe,* a los 'tes' del *Alfonso XIII* que había cambiado su nombre por el de *Andalucía Palace.* A estas diversiones se sumaban el carnaval, la semana santa, las dos ferias de abril y de septiembre, aparte de la romería del Rocío. Pasaba sin transición del Becerro de las Behetrías a torear al "alimón" un eral murubeño con Enrique Herrera en su cortijo *Jaime Pérez"* (p. 82). Así entre la lucidez y la protesta, la aceptación y la inserción, sistema y reforma, va a configurarse la enigmática y ambigua personalidad de una mujer inteligente y sagaz, irritante y seductora, contestataria y conservadora.

La experiencia madrileña

De gran trascendencia será el divorcio de sus padres, temido desde la infancia, que ocurrió en 1933. Una vez más aparece el problema de la ambigüedad y la tensión, que son una constante en la vida de nuestra escritora. En primer lugar, es la plena conciencia de situación vulnerable de la mujer, aun en el momento más optimista de reforma legislativa, con la Constitución de 1931 que garantizaba una situación de libertad inimaginable expresada en el artículo 25 que especificaba: "No podrá ser fundamento de privilegio jurídico: la naturaleza, la filiación, el sexo"[4]. El proyecto de la Ley de Divorcio fue presentado y defendido por una de las campeonas feministas, Clara Campoamor, cuya participación en la reforma de los derechos de la mujer fue tan notable. El divorcio en sí, no obstante, no solucionaba uno de los problemas que persiste hasta nuestros días, obligar al responsable a continuar sosteniendo económicamente a los hijos. La ley de divorcio de 1932, a pesar del esfuerzo liberador, seguía penalizando a la parte más débil, es decir, a la mujer. En el caso del divorcio de sus padres, "la liquidación de la Sociedad de gananciales nunca se realizó, vendidos o disimulados los bienes que la habían constituido. El obligado destierro y la mezquina pensión [mil pesetas mensuales para cuatro hijos y la madre que debía alquilar un piso en Madrid] fueron parte del 'castigo' impuesto a nuestra madre por no consentir en un divorcio de 'mutuo acuerdo' " (p. 111). A estas circunstancias se unía la privación de la patria potestad sobre los cinco hijos y aunque la insuficiente cantidad citada obligaba a la madre al mantenimiento de cuatro hijas, la menor de tres años, el padre quedaba único custodio del hijo varón, hecho contra el que la madre se rebeló inútilmente: "Cuando mi madre murió de cáncer de estómago, producido por el sufrimiento, calculé el tiempo que aquella criatura ejemplar había

4. Citado por María Campo Alange, *La mujer en España, op. cit.,* p. 217.

pasado con su hijo y, con pena infinita, supe que, a lo largo de veinte años no llegaron a estar tres meses" (pp. 111-12). Estas circunstancias pasarán a formar el sustrato vital de Mercedes Fórmica y las veremos aflorar en *A instancia de parte*.

Madrid supuso una toma de conciencia directa con la realidad dura hasta entonces desconocida: la carencia de medios, el estudio sin libros, la vida difícil de la supervivencia sólo apoyada en el objetivo de una carrera contemplada, en efecto, como clave para la liberación. Los dos cursos académicos pasados en Madrid, 1933-34 y 1934-35, tienen otras facetas importantes, como la confirmación de su valía intelectual; ambos cursos acabaron con un saldo de matrículas de honor, a pesar de la penuria bibliográfica, que recuerda con pesadumbre. La situación penosa de la madre es su gran acicate: "En mi deseo de ayudarla, estudiaba sin descanso, diciéndome que, no bien terminase la carrera, saldríamos de aquel pozo. Todos los días después del almuerzo, me encerraba en mi cuarto y ordenaba los apuntes tomados durante la mañana. Estos apuntes salvaron mis estudios" (p. 116).

Mercedes Fórmica considera que aquellos años, alejándola de la sociedad andaluza la aproximaban más a los orígenes en los que habían bebido sus catedráticos ejemplares y sus amigas, las Carvajal. La circunstancia madrileña "me hizo frecuentar grupos más afines a mi modo de ser, donde brillaban la inteligencia y la cultura" (p. 124). La Institución Libre de Enseñanza, las residencias de Pinar y Fortuny aparecían en su horizonte inmediato como más próximas pero aún inasequibles. Los alumnos que en ellas se formaban eran, a sus ojos, una minoría privilegiada tan cerrada como los propios maestrantes sevillanos. Fórmica conocía muy bien la Residencia de Fortuny: "La magnífica biblioteca estaba a disposición de las residentes, las cuales tenían libre acceso a conferencias, conciertos y representaciones teatrales, celebradas en Madrid con intervención de figuras señeras del mundo de la cultura. Tanto en Fortuny como en Pinar todo era de buen gusto y sencillo, con la sencillez grata al espíritu de la Institución. Las tapicerías de cretonas alegres, resultaban de fácil lavado; la ducha había sustituido al baño, más costoso por el mayor consumo de agua caliente. Las chicas podían pasear por el jardín, recibir amigos de ambos sexos, invitarlos a la comida o al té, de acuerdo con un reglamento de módulos internacionales" (p. 114). La futura Delegada del SEU Mercedes Fórmica observa con añoranza estos aspectos y más tarde procurará incorporarlos al montaje universitario, si bien su período de influencia en el partido fue, como veremos, efímero. Sus dos años de asistencia a las clases de San Bernardo le produjeron una visión dividida: "Los universitarios de la reciente República se agruparon en sectores perfectamente definidos. Había los 'residentes' [...] a los que se sumaban los becarios de la Fundación del Amo. Ambos grupos gozaban de un grato entorno para el estudio" (p. 114). El resto de los estudiantes vivía en pensiones miserables "carentes de baños y hasta de duchas" sin facilidades ni decoro.

Al hilo de la admiración que la Institución le inspira, Mercedes Fórmica formula unas hipótesis cuyo grado de probabilidad o acercamiento a la verdad habrá que comprobar; la escritora se basa en observaciones e intuición. Sus posteriores investigaciones en archivos sostienen este tipo de formulaciones, como veremos en su última novela *El collar de ámbar* (1989). Para ella la Institución está relacionada con los intelectuales supervivientes de los hispanohebreos que, a pesar de la abolición de la Inquisición en 1812, nunca pudieron evadir la repulsa de un sistema activamente teocrático, con la excepción de los momentos liberales que Mercedes Fórmica señala como 1812, 1873 (Primera República) y Segunda República.

Las características que aproximan algunos aspectos de los hispanohebreos a las actitudes de la obra de Giner son para nuestra autora en primer lugar la inteligencia. "La cultura, la inteligencia, el amor al trabajo fueron indicios judaicos" (p. 120). Un segundo rasgo es el rechazo de la religión del Estado, no la religiosidad en sí: "El hispanohebreo nada tuvo que ver con el ateo, bullicioso y grosero [...]. Secreto y laborioso, preparado para un arte, un oficio y una carrera, jamás negó la existencia de Dios. Negó la divinidad de Cristo, mirando la religión católica como enemiga, en cuyo nombre fueron sacrificados muchos de los suyos" (p. 123). En la apreciación de Mercedes Fórmica la teocracia, rasgo permanente de la historia de España a partir del siglo XVI, ha producido marginaciones y traumas indelebles: "Fuera o no judaizante el español de casta hebrea se sentía inseguro además de afrentado" (p. 121). En estos elementos se apoya nuestra autora para definir lo que ella percibió como rasgos que pertenecían a la Institución Libre de Enseñanza, un afán selectivo que ella equipara con un espíritu exclusivo y hasta excluyente claramente explicado por las consideraciones apuntadas: "De ambas residencias sólo disfrutaba una minoría privilegiada, ligada entre sí por vínculos familiares, ideológicos, políticos, raciales y hasta religiosos" (p. 114). Una clave esencial en su opinión, con la que ella descifra los datos para llegar a las conclusiones aquí apuntadas es una frase oída a la gran mujer, reformadora de la pedagogía y defensora de los principios feministas, María de Maeztu, a quien Mercedes admira. Respondiendo a los recuerdos de estos años tan esenciales para su formación, en Buenos Aires tiempo después, Mercedes Fórmica animaría a María de Maeztu para que volviese a Madrid "a continuar una obra a la que tanto debían los universitarios" (p. 115). La respuesta de aquella luchadora fue "Si dirijo de nuevo la Residencia, no habrá partidismo a la hora de elegir residentes" (p. 116). En la interpretación de nuestra autora, el partidismo era el vigente antes de la guerra.

En cualquier caso es probable que el ejemplo de la Institución y el criterio valorativo tan positivo permanecieran aún en los momentos de activa militancia falangista. La labor de Giner de los Ríos la resume así: "La Institución Libre de Enseñanza, el Instituto-Escuela, las dos Residencias —masculina y femenina— y la Junta de Ampliación de Estudios dieron vida a una aristocracia nueva, basada en la inteligencia. Su sistema pedagógico, cristalizado en el bachillerato cíclico, resultó un éxito. Los alumnos alcanzaban una formación humanística tan completa, que bastaba la respuesta en clase de uno de ellos para pensar sin equivocarse: —Este viene del Instituto Escuela" (p. 126). La figura de su fundador, al menos contemplada desde los años setenta cuando se redactan las memorias, atrae a nuestra autora, al margen de los logros pedagógicos, también como ideólogo: "La faceta constructiva, y en ciertos aspectos conservadora de la obra de Giner, coinciden con algo muy arraigado en mí. Guardar lo útil y respetable. Desechar lo injusto y corrompido" (p. 111). Las Memorias corroboran un dato que se extrae de la observación de la vida y obra de esta autora, su sorprendente fe en la fuerza de la síntesis aun en los momentos de mayor intolerancia política y social.

Universidad y política

En 1933, año en que Mercedes Fórmica se alista en el recién creado partido de Falange, ella confiesa no tener

INTRODUCCIÓN

en realidad una ideología política precisa, no obstante admira la personalidad del fundador de este partido, que para ella se reveló en una primera frase oída casualmente por radio y que correspondía al discurso fundacional: "No somos un partido de izquierda que, por destruirlo todo, destruye hasta lo bueno, ni de derechas que, por conservarlo todo, conserva hasta lo injusto" (p. 130). Mercedes Formica menciona a dos falangistas quienes, en su opinión, encarnaban aquella nueva fuerza: José Antonio Primo de Rivera y Dionisio Ridruejo. La colaboración en el nuevo partido se realizará desde el momento de su inscripción hasta la muerte de su fundador, a partir de entonces y bajo la autoridad del General Franco su opinión es que la Falange "cambió los actos con acción en actos sin acción, y pasó de la palabra a la palabrería" (p. 133).

Para nuestra escritora las ideas de José Antonio Primo de Rivera suscitaron el rechazo tanto de izquierdas como de derechas: "confundir el pensamiento de José Antonio con los intereses de la extrema derecha es algo que llega a pudrir la sangre. Fue la extrema derecha quien le condenó a muerte civil, en espera de la muerte física que, a su juicio merecía" (p. 131). La violencia política de 1933 fue sin duda lo que la obligó a una toma de partido por lo que Mercedes tenía como propio, una formación tradicional aunque consciente de los graves problemas sociales: "Se había pasado de imponer creencias religiosas a burlarse de ellas. Se quemaban conventos porque sí y se asesinaba sin otro delito que la pertenencia a un estamento determinado, en una explosión de intolerancia. En un panorama tan amargo, José Antonio poseyó la magia de arrastrar a quienes le escuchaban" (p. 133).

Respecto a su conciencia de la situación de la mujer y sus problemas, es evidente que en esos momentos se resumía en la preocupación personal por brillar en sus estu-

20

dios para ayudar a su madre y para encontrar pronto su liberación como profesional. Cualquier tipo de militancia durante los años de Madrid se centró únicamente en las visitas a los presos falangistas; de la lucha que en favor de los derechos de la mujer habían llevado a cabo grupos nada parece interesarle ni como aspirante a abogada, aunque desde los años veinte las abogadas y profesionales, incluyendo a María de Maeztu, habían abordado estos problemas. María Campo Alange refiriéndose a las reivindicaciones feministas del siglo XX observa que "la mujer descubre el código al ingresar en la carrera de Derecho por los años veinte. Por primera vez se enfrenta con ideas y conceptos [...] que hieren profundamente su sensibilidad"[5]. El Lyceum Club al que pertenecen las primeras mujeres abogadas se interesará por el aspecto jurídico de la condición de la mujer y solicitará al Gobierno "la reforma de determinadas leyes, artículos del Código Penal y Civil especialmente vejatorios para la mujer"[6]. La reforma que se manifestará en la Constitución de 1931 será una consecuencia de estas denuncias específicas que crearon una mala conciencia en los legisladores y suscitaron un estado de insatisfacción en la opinión pública.

Mercedes Fórmica no se planteará conscientemente ningún tipo de reivindicación para la mujer hasta después de la guerra, una vez que hayan concluido sus estudios. Durante sus años de dedicación al proyecto de José Antonio Primo de Rivera, con excepción de su inquietud por la situación legal de su madre y de los privilegios de los que gozaban las educandas de la Residencia de María de Maeztu, los problemas concretos de la mujer se difuminan. Las intelectuales del momento están presentes,

---

5. María Campo Alange, *La mujer en España*, op. cit., p. 211.
6. María Campo Alange, *La mujer en España*, op. cit., p. 209.

como un friso, en la conciencia de la futura escritora: Margarita Salaverría (su inspiradora directa en las aspiraciones a la diplomacia) Remedios Guerra, Laura de los Ríos, Soledad Ortega, Carmen Marañón, la abogada Matilde Huici, todas ellas pertenecientes al partido socialista, todas ellas con aureola de feminismo activo. Clara Campoamor, Margarita Nelken, Victoria Kent, y las sucesivas diputadas del 33, Matilde de la Torre, María Lejárraga o las del 36, no figuran en la memoria de Fórmica más que como activistas violentas que buscan la ruptura completa con la tradición y a las que se opone claramente el pensamiento de José Antonio Primo de Rivera: "Como buen español, sentía recelo hacia la mujer pedante, agresiva, desaforada, llena de odio hacia el varón. Desde el primer momento contó con las universitarias y las nombró para cargos de responsabilidad. En lo que a mí respecta, no vio a la sufragista encolerizada sino a una joven preocupada por los problemas de España, que amaba su cultura e intentaba abrirse camino, con una carrera, en el mundo del trabajo" (p. 138).

Mercedes Fórmica fue delegada del SEU (Sindicato Español Universitario de Falange) de la Facultad de Derecho, pero el reconocimiento a nivel de compañeros no parece haber traspasado el más cerrilmente conservador, ya que en el Primer Consejo Nacional del SEU en 1934 su participación fue reseñada como "un trabajo sobre un nuevo sistema para bordar yugos y flechas". En realidad la ponencia versó sobre la manera de mejorar la situación de los estudiantes, que tanto le preocupaban a la sazón, siempre teniendo en el horizonte la nostalgia de las residencias: bolsa del libro de texto, becas, instalaciones de comedores y residencias. La aspiración a abrir al universitario el mundo de la naturaleza, esquí y otros desportes, también encontraron eco en los futuros planes del SEU, quién sabe en qué medida siguiendo las inquietudes de esta delegada: "siempre se ha dicho que don Francisco Giner descubrió la sierra madrileña. Sin embargo, ni la República ni la Institución acercaron su disfrute a los estudiantes de pocos recursos. El mérito corresponde a la Sección Femenina, al SEU y al Frente de Juventudes, todos de Falange" (p. 135). Su participación en el planteamiento de acción universitaria culminó en 1936 cuando fue nombrada por José Antonio Primo de Rivera Delegada Nacional del SEU femenino. Para entonces la familia había vuelto a Andalucía en busca de una vida menos cara que les permitiera sobrevivir con cierta holgura. Mercedes había estado muy enferma después del fin del curso 1934-35 y las ventajas de un clima más benigno y la posibilidad de examinarse por libre en Granada, pesaron en esta decisión. José Antonio Primo de Rivera fue detenido poco después; la muerte del líder supondría para Mercedes Fórmica constante reticencia en el curso que seguiría aquel partido.

La guerra y la postguerra

Los primeros meses de 1936 en Málaga le permitirán colaborar con un importante aunque no muy numersoso grupo de falangistas. De aquí arranca su amistad con la amiga preferida del fundador de la Falange, Carmen Werner, y con futuras dirigentes de la Sección Femenina. Mercedes Fórmica admiraba a Carmen Werner, pero también se sintió en desacuerdo con ella con respecto al papel de la mujer; para Carmen Werner la función debía ser exclusivamente doméstica, Mercedes Fórmica no admitía límites.

Hay algunos aspectos esenciales que deben destacarse,

en cuanto a la ideología de Mercedes Fórmica se refiere, durante los tres años de la guerra. En primer lugar, su continuada fe en las posibilidades que José Antonio Primo de Rivera representaba para evitar el sostenido encono de la guerra civil. Esta autora sostiene categóricamente que de no haber sido encarcelado y fusilado, él hubiera propuesto un gobierno de concentración: "El diálogo, que parece descubierto tras la muerte de Franco, lo intentó José Antonio en 1936 cuando se ofreció a negociar un gobierno de coalición que evitara la guerra civil" (p. 247). El fracaso de los trámites de canje de Primo de Rivera a quien, en opinión de Fórmica, como ya se ha señalado, odiaban las derechas, fue esencial para el siniestro giro que tomaron los acontecimientos. La negociación propuesta por el grupo de falangistas sevillanos al que pertenecía Mercedes proyectó un canje que propondría un amigo del grupo *Mediodía,* Manuel Altolaguirre, y que involucraba el interés del entonces ministro de la Republica Juan Negrín por la actriz Rosita Díez Jimeno, prisionera en Cádiz; el plan fue rechazado. La Falange se vio, dice Mercedes, arrastrada por un aluvión de conversos que se encargaron de perpetrar, utilizando el uniforme, las conocidas atrocidades: "José Antonio había propugnado la calidad sobre la cantidad [...] tras el alzamiento —preso José Antonio en Alicante— cayeron sobre Falange miles de personas sin más ideales que sobrevivir y, lo que todavía era más peligroso, dispuestos a realizar méritos". (p. 236). A partir de la muerte de José Antonio Primo de Rivera, Mercedes Fórmica abogará por la disolución de la Falange, "nadie debía aprovechar unas ideas, en trance de formación, para desvirtuarlas, sabiendo que los que detentaban el poder no creían en ellas" (p. 246); con el encumbramiento de Falange, su vinculación iría definiéndose en acción de ayuda humanitaria, el Auxilio

Social, en el que siguiendo la ideología conservadora sobre el papel de la mujer, concentró sus esfuerzos la Sección Femenina. Es ése el segundo aspecto importante para la evolución de la visión del mundo de nuestra autora. Si bien las urgentes medidas sociales reclamaron y obtuvieron su atención hasta su matrimonio con Eduardo Llosent, las diferencias fundamentales de Mercedes Fórmica con la Sección Femenina se mostraron en el momento en que apareció su interés por la mujer como profesional y como individuo independiente.

Una tercera vertiente que se observa es el impulso hacia la tolerancia y el continuado afán por venerar la cultura y la creación que eran parte esencial del ideológicamente heterogéneo, grupo *Mediodía:* "La comprensión fue practicada, desde el principio, por los escasos supervivientes, hombres y mujeres, de la Falange auténtica. Ellos dieron cobijo a los vencidos en las redacciones de *Arriba, Escorial, Medina, Clavileño* o centros como el Instituto de Estudios Políticos". La fragilidad de una existencia aparentemente segura rondó la vida de Mercedes poniéndola en ocasiones cara a cara con el riesgo y la indefensión, que ella pudo sortear gracias a su pertenencia a las élites sevillanas. Su esposo, Eduardo Llosent, fue encarcelado brevemente por una causa del todo nimia que puso en peligro hasta su vida. Muchos casos de terror a tribunales militares inaccesibles se ven aparecer en sus recuerdos de los años cuarenta. La muerte del poeta Miguel Hernández a quien, al parecer, sus muchos amigos incluso en la élite cultural activa madrileña a la que a partir del final de la guerra pertenecía el matrimonio Llosent-Fórmica, no pudo sacar de la cárcel. Las depuraciones, los requisamientos, los largos encarcelamientos, las hipotéticas conmutaciones de la pena de muerte, están presentes en las memorias de aquellos años.

El esfuerzo conciliador de Llosent revivió, en 1939, temporalmente la revista *Mediodía* con un cuaderno dedicado al entonces considerado "rojo" Jorge Guillén. Al ser nombrado Llosent Director del Museo del Arte Moderno, fundó una nueva revista, *Santo y Seña,* de duración efímera pero que daría lugar a la creación de la Academia Breve de Crítica de Arte con once académicos que se convertirían en padrinos o presentadores de los artistas modernos. La Academia dará a conocer en España por primera vez la obra de María Blanchard, su presentadora será la admirable campeona de la mujer en estos años, María Laffitte mejor conocida como condesa de Campo Alange, quien se había familiarizado en París con la obra de María Blanchard; la condesa de Campo Alange fue la única mujer que formó parte del grupo de los Once.

Nombres de críticos y artistas como Eugenio D'Ors, Enrique Azcoaga, Gutiérrez Solana, Vázquez Díaz, Llorens Artigas, Ignacio Zuloaga, Tapies, Miró, Benjamín Palencia, Rosario Velasco, Ortega Muñoz, hablan de un intento de continuidad entre la vanguardia antes y después de la guerra en el ambiente duro y peligroso que rodeaba toda actividad intelectual. Esta continuidad se da también en lo puramente literario y *Escorial* es un buen indicador de un tipo de supervivencia más bien subterrránea y no percibida por nuevos o extraños, así en la revista fundada por José María Alfaro aparecen colaboradores de renombre de la época anterior como Ramón Carande, Antonio Marichalar, Xavier Zubiri, Fernando Vela, Javier Conde, una parte de los componentes de la *Revista de Occidente* que continúa con callada labor en la nueva revista dirigida por el propio Alfaro, Dionisio Ridruejo y Mourlane Michelena. La revista tiene secciones de crítica de arte a cargo de Luis Felipe Vivanco, de música a cargo de Gerardo Diego, de teatro a cargo de Gonzalo Torrente Ballester. La colaboración femenina es escasa pero Mercedes Fórmica publica en ella en 1945 una novelita, *Bodoque*,[7] con la que se inicia su carrera de escritora.

Las mujeres intelectuales de antes de la guerra se habían perdido de vista aunque Jimena Menéndez Pidal fundara el Colegio Estudio; Carmen Castro continuara escribiendo ensayos ahora con el pseudónimo *Pablo Amaya* para sus colaboraciones en *Ya;* Carmen Conde aparezca como *Florentina del Mar;* hay periodistas muy leídas como Josefina Carabias; Eugenia Serrano logra mantener su profesión, aun con dificultades. Elena Fortún estaba en el exilio, no obstante su obra es inmensamente popular; las niñas de la postguerra crecimos leyendo los libros de Celia. Como participantes en *El Correo Erudito* fundado en esta época por Mercedes Gaibrois vuelven a brillar dos historiadoras y animadoras culturales cuyas tertulias ya habían sido muy conocidas durante la República, Carmen Muñoz, Condesa de Yebes y María Luisa Caturla. Con todos estos grupos tiene relación Fórmica, son intelectuales con conciencia tomada en los años de afirmación feminista de anteguerra y tienen un prestigio oscurecido, sólo para iniciados, en los tiempos que corren.

Mercedes Fórmica tiene ahora acceso a ese mundo sobre todo a través de su marido; al mismo tiempo sus vínculos con la Falange le abren puertas prohibidas a las demás. Sus lealtades se hallan divididas y la aprisionan en una tolerancia que claramente aparece como ambigüedad. Hay afirmaciones en sus libros de memorias que chocan entre sí, sin titubear puede referirse a la situación en que se vivía en términos completamente condenatorios, describiendo un "régimen donde la represión sexual re-

---

7. Mercedes Fórmica, *Bodoque, Escorial*, n.º 51 (1945), pp. 5-65.

sultaba más fuerte que la represión política";[8] unas decisiones inaceptables, "En Salamanca Manuel Hedilla, hasta esa fecha [unificación de la Falange y Tradicionalistas Requetés o amalgama de partidos que apoyaron a Franco] Jefe de Falange, se opuso formalmente al decreto. Condenado a muerte, la sentencia no se cumplió, pero, después de un largo cautiverio su vida política quedó truncada" (p. 312). Mercedes pudo denunciar lo real pero invisible según la conveniencia, "En apariencia, Sevilla continuaba con sus mágicos rincones de siempre [...] Pero los que habíamos sufrido la experiencia de la otra zona, éramos conscientes de la existencia de los vencidos" (p. 42). "El fallecimiento de don Julián Besteiro en la cárcel de Carmona supuso una amarga experiencia. Había sido un adversario nobilísimo y la población de Madrid debía la vida a su sacrificio. Pudo marcharse y, sin embargo, permaneció en la capital, con el propósito de aliviar las consecuencias de la derrota. Franco nunca debió dejarle morir de aquella manera" (p. 95). "Carmen Blanchard pasaba por unas tristes circunstancias. Aunque se decía viuda, estaba casada, y su marido permanecía en la cárcel sujeto a depuración" (p. 120). En este libro de memorias que propicia la visión de Mercedes Fórmica que aquí vamos delineando, a veces hallamos transcritas conversaciones escalofriantes: "Acabo de saber que mi hermana Matilde ha muerto en la cárcel de Palma. No ha podido resistir el encierro y temo que se haya suicidado" (pp. 126-27). "A mi hermana y a mi cuñado Ganivet se lo han requisado todo. Muebles, documentos de familia ¡Todo!" (p. 127). Estas frases están teñidas de la cruda verdad que llegaba hasta ella. Había, no obstante, otra manera de ver

8. Mercedes Fórmica, *Escucho el silencio,* (Barcelona, Planeta, 1984), p. 150. Las futuras referencias a esta obra irán insertas en el texto.

las cosas, y Fórmica la poseía. Como desde niña seguía tratando de conjugar mundos dispares. De este modo las trágicas observaciones que acabamos de citar pueden mantenerse al lado de otras que aceptan si no condenan explícitamente aquel estado de cosas: "En el Fuero de 1938, Franco prometió trabajo, vivienda, educación, vestidos. Podía tratarse de una simple declaración de principios, pero hay que admitir que a su muerte, en 1975, había cumplido con creces la promesa. [...] A cambio, eso sí, les pidió un poco de libertad" (p. 35). "El desfile del ejército vencedor por el paseo de la Castellana resultó inenarrable. Una gran muchedumbre [...] se apiñaba en los andenes, galvanizada por el entusiasmo. Enronquecí dando vivas a Franco y al ejército, coreada por la marea de voces que hacían vibrar la ciudad" (p. 67). "El hambre azotaba el territorio recién rescatado. En zona nacional nunca la padecimos. Franco había organizado su retaguardia con tanta prudencia que, en los tres años que duró la guerra, no fue preciso recurrir al racionamiento. La escasez llegó, al compartir las reservas acumuladas, con los españoles de la otra zona" (p. 73).

La Sección Femenina

La labor llevada a cabo por la Sección Femenina en un plano de justicia social recibe un reconocimiento entusiasta por parte de Mercedes Fórmica. A su juicio la reconstrucción física de los destrozos de la guerra se debió en gran parte a estas mujeres. Tomando como punto de referencia el caso de Málaga que en cierto modo funciona como sinecdoque para representar esta visión del partido, Mercedes Fórmica presenta con admiración a las muchachas de la Sección Femenina que: "limpiaron las naves de la catedral malagueña losa a losa, devolviéndoles su esplendor. [...] Arrodilladas en el suelo, habían aspirado el vapor de los cubos de hierro, colmados de agua cenicienta impregnados en lejía, jabón verde y arena" (p. 14). Son estas labores propias de la mujer, tan reconocidas y apreciadas en las filas falangistas, las que se pusieron a la disposición de los varones. Durante la guerra "centenares de enfermeras cumplían su voluntaria misión en hospitales y puestos de socorro, ayudando en las operaciones quirúrgicas, haciendo camas, fregando suelos o lavando las ropas de soldados y heridos" (p. 24). La tradicional abnegación femenina también lucía en los lugares más arriesgados, siempre en su función de apoyo y servicio. "En la guerra no sólo caían los hombres, caían también las mujeres [...] Luisa había marchado al frente con el grupo de Irene Larios, organizado para trabajar en lavaderos de las líneas de fuego, y atender las que tenían títulos de enfermeras las líneas de socorro" (p. 38).

En la apreciación de Mercedes Fórmica la labor social llevada a cabo por la Sección Femenina una vez acabada la guerra, es igualmente encomiable. Hay aquí un aspecto que conviene destacar, ya que para tantas de las mujeres a las que nos tocó cumplir el Servicio Social o asistir a "las clases de Falange" en el colegio de monjas o en los institutos femeninos, esa actividad era vana y despreciada. Cuando Lidia Falcón o Carmen Martín Gaite se refieren a estas acciones de la Falange en estos mismos términos no hacen más que expresar la opinión de la multitud de niñas y adolescentes de clase media que tuvimos que cumplir aquellas normas.[9] El hecho de que Mercedes Fórmica nada tuviera que ver con el Servicio Social, dado que cuando se impuso ella ya estaba casada, le impide percibir

9. Cf. Lidia Falcón, *Mujer y sociedad*, (Barcelona, Fontanella, 1969), pp. 376 y sgts., y Carmen Martín Gaite, *Usos amorosos de la postguerra española*, (Barcelona, Anagrama, 1987), passim.

con claridad el problema, su visión observa sólo los aspectos más meritorios y que se refieren a la mujer campesina: "El 130 por 1000 de los niños fallecían antes de cumplir un año. El Generalísimo encomendó la tarea [de poner remedio a este problema] a la Sección Femenina". Una parte básica de este proyecto es la creación de las cátedras ambulantes, autobuses que se detenían en los pueblos diversos con equipos sanitarios y educativos o grupos de mujeres destacadas en remotos rincones de España que emprendían una tarea educativa para la que las muchachas de la Sección Femenina habían sido previamente instruidas: "Las divulgadoras iniciaron cursos elementales de capacitación que duraban 45 días en régimen de internado. Aprendieron higiene, puericultura, medicina preventiva, y leyes sociales, completadas con clase de alfabetización, educación física, cultura, religión y formación política" (p. 89). Para Fórmica esta tarea llevada a cabo a favor de la mujer campesina, es una labor muy positiva del régimen en un sector que, a su juicio, había sido completamente abandonado por el gobierno de la República. Habría que ver el verdadero logro de estos esfuerzos que sin duda se llevaron a cabo dentro de un espíritu profundamente conservador pero que no obstante se proponía renovar la vida rural. El otro aspecto positivo que señala Mercedes Fórmica es el que prestó atención a los niños de los sectores más empobrecidos; ésta es la perspectiva que presentan sus Memorias: "Los alegres hogares de Auxilio Social acogían cada uno a treinta huérfanos de guerra [...] Vivienda y comida no serían nunca más limosnas de los grupos privilegiados, sino derechos nacidos con la persona" (p. 11). Los choques violentos de Mercedes Fórmica con algunas mujeres de Falange se iniciarán en cuanto su punto de vista se aleje de los patrones tradicionales, y comience a denunciar para la mujer profesional la ausencia del camino abierto por la República. Los años cuarenta marcan en la vida de Fórmica, así pues, un período de plenitud y maduración en un ambiente siempre ambiguo.

Desde el punto de vista de adquisición de criterios personales con respecto a la ideología de la mujer falangista, a las observaciones que ya se han hecho hay que añadir algunos otros datos importantes. En 1944 Pilar Primo de Rivera propuso a Mercedes Fórmica la dirección de una de las revistas de la Sección Femenina, *Medina,* en cuya redacción "habían encontrado refugio Eugenia Serrano y Eugenio Mediano detenidos en Soria cuando formaban parte de la *Barraca*". A pesar de encontrar ese conato de tolerancia, las dificultades objetivas es decir la línea política, las prohibiciones, la censura, le impiden el desarrollo que ella consideraba normal y por incompatibilidad dimite.

En 1945 la publicación de la novela corta *Bodoque* en *Escorial,* con una carta de Ortega haciendo unos comentarios favorables, supuso un gran aliciente ya que además, la revista no contaba apenas, según ya se ha mencionado, con mujeres como colaboradoras. Otros aspectos importantes en su formación, siempre relacionado con Eduardo Llosent, es el refuerzo de su vínculo intelectual al mundo de la República que supuso su viaje a Buenos Aires en 1947 acompañando a su marido, organizador de una exposición de la pintura española contemporánea. Allí conoce, vuelve a ver o intima con personajes inolvidables: la pintora Maruja Mallo, Ramón Gómez de la Serna, María de Maeztu, Ramón Pérez de Ayala.

En un orden personal hay que tener en cuenta otros incidentes importantes: la distensión del problema de su madre, ahora residente en Ronda (Málaga) y la enfermedad (tuberculosis) y muerte de su hermana más pequeña, Marita, a los catorce años en 1945. Cuando a finales de los años cuarenta, Mercedes Fórmica decide ganarse la vida, como antiguamente había deseado, y terminar la carrera de Derecho que había abandonado en su cuarto año, se da de manos a boca con un crudo panorama en el que prácticamente todos los caminos aparecían cerrados. La situación real de retroceso en el que en lo jurídico había caído la mujer después de los logros del 31, apareció ahora por primera vez ante su conciencia como una subyugación intolerable. A partir de esta constatación va a comenzar una actividad que irá contra la corriente de lo que se consideraba oficialmente aceptable.

Las obras

Después de comprobar que sin el requisito "ser varón" las aspiraciones profesionales eran imposibles, decidió darse de alta en el Colegio de Abogados y abrir un despacho. Sus clientas, mujeres separadas o maltratadas, corroboraron su antiguo conocimiento de la situación; en esta actividad de enfrentamiento con un sistema legal machista va a concentrar sus mejores esfuerzos. No obstante, su inclinación a la creación literaria y su asociación con artistas e intelectuales será también una constante de esta época que la consagró asimismo como escritora. Siguiendo la línea iniciada en 1945 con su colaboración de *Escorial,* en 1951 aparece un cuento suyo en la revista del Instituto de Estudios Políticos, *Clavileño,*[10] en el que se narra la muerte de la pequeña Marita. En 1950 publica *Monte de Sancha,*[11] novela finalista del Premio Ciudad de Barcelo-

10. Mercedes Fórmica, "La mano de la niña," *Clavileño,* n.º 10 (julio-agosto, 1951), pp. 63-65.
11. Mercedes Fórmica, *Monte de Sancha* (Barcelona, Luis de Caralt, 1950).

na en la que logra una transposición poética de sus propias vivencias. En la versión artística la agudeza de juicio se incrementa y la posición ideológica se afirma. Su oscilante voluntad aquí anotada se endurece y se hace crítica. *Monte de Sancha* proporciona un panorama sobrecogedor de su experiencia malagueña en 1936. *La ciudad perdida*,[12] 1951, dibuja por primera vez y de manera dramática lo que luego se ha venido a calificar como "síndrome de Estocolmo", y que no es en definitiva sino la descripción del colapso de las barreras ideológicas, cuando los protagonistas son partes antagónicas de sistemas, y que al fin se encuentran en términos exclusivos de supervivencia humana. Es una visión del Madrid de la postguerra y relacionado con la época anterior de forma viva; un maquis que regresa y al verse acosado toma como rehén a una mujer culta y progresista, que ahora se adapta a la difícil sociedad y practica su apertura mental de forma casi clandestina. Luis Escobar, gran amigo de nuestra autora y a la sazón Director del Teatro Nacional María Guerrero, hizo de esta novela una versión teatral con el título *Un hombre y una mujer*. Se hizo también una película en coproducción con Italia en 1955. La tercera novela *A instancia de parte*,[13] (1955), recibió el premio Cid.

A partir de 1952 acepta una colaboración en *ABC*, donde el 7 de noviembre de 1953 publicó el artículo "El domicilio conyugal"[14] con el que se inicia la campaña que denuncia la situación real de la mujer casada según la legislación entonces vigente. Mercedes Fórmica se apoyó en el

---

12. Mercedes Fórmica, *La ciudad perdida* (Barcelona, Luis de Caralt, 1951).

13. Mercedes Fórmica, *A instancia de parte* (Madrid, Ediciones Cid, 1955).

14. Mercedes Fórmica, "El domicilio conyugal", *ABC*, Madrid, 7 de mayo de 1953.

caso de una de sus clientes para ilustrar la denuncia de la iniquidad jurídica de la que era víctima la esposa española. La tragedia de Antonia Pernia, aludida en el artículo, le servirá además de inspiración para uno de los personajes secundarios de *A instancia de parte*. El artículo, breve, acerado y conmovedor, tuvo la fuerza de provocar una reacción de gran alcance en los medios jurídicos y a nivel popular. No sólo la prensa española se hizo eco del problema, los periódicos alemanes, británicos, norteamericanos y hasta daneses y soviéticos, publicaron artículos o notas sobre el caso. En 1954 Mercedes Fórmica acompañada de un clérigo jurista, Honorio Alonso, expuso ante Franco las reivindicaciones que reclamaba para la mujer casada y que se concretaban en la reforma de sesenta y seis artículos del Código Civil y Ley de Enjuiciamiento. Iturmendi, el entonces Ministro de Justicia, recibió directamente el encargo de estudio de este proyecto. En 1958 se llevó a cabo la reforma del Código que ha sido posteriormente considerada como insuficiente e incluso como potenciadora de una falsa apariencia de liberalización del régimen.[15] No obstante, y a pesar del profundo sexismo

15. Tal es la interpretación hecha por Lidia Falcón en *Mujer y sociedad,* cf. pp. 358 y sgtes. Este mismo criterio aparece expuesto por Julio Iglesias de Ussel y Juan José Ruiz Rico en su artículo "Mujer y Derecho", *Liberación y utopía,* ed. Ángeles Durán (Madrid y Akal, 1982), p. 148. Geraldine Scanlon en *La polémica feminista en la España contemporánea,* trad. de Rafael Mazarrasa (Madrid, Akal, 1986), se refiere a la liberalización del Código Civil de 1958 no sólo como intento del régimen de mostrar de cara al exterior, una fachada más presentable, sino de aprovecharse al mismo tiempo de la mujer como mano de obra barata: "El peor aspecto de este sacrificio de la pureza ideológica en aras de la conveniencia económica es que, en su preocupación por mantener una fachada hipócrita de consistencia, el Estado ha dado una seudo-libertad a la mujer que le permite explotar su potencial económico al mismo tiempo que le niega toda libertad real y preserva de este modo la base fundamental del Estado: la familia" (p. 344). Es notorio que el, por otra parte, tan documentado trabajo sobre la historia del

que se observa en el proemio, las reformas en sí encaraban el problema y los 66 artículos cambiados supusieron la rectificación de las iniquidades que se denunciaban en *A instancia de parte:* designación del domicilio conyugal, otra regulación para disponer de los bienes gananciales, y la patria potestad de los hijos.

Por otra parte, el asunto del ejercicio de la profesión fue objeto de una actividad paralela. En 1950 Pilar Primo de Rivera le había encargado a Mercedes Fórmica la preparación de una ponencia para el I Congreso Hispanoamericano Filipino que se celebraría en 1951. Fórmica debía informar sobre la situación de la mujer trabajadora en España; entre las directrices previstas no figuraba la mujer en las profesiones liberales. Aquí comienza un forcejeo entre ambas mujeres y finalmente Fórmica recibe permiso para presentar un trabajo sobre el controvertido tema. Para la elaboración de este documento reunió un grupo de mujeres que fueron autoras de un trabajo colectivo que llevaría años más tarde, en 1961, a abrir definitivamente a la mujer española las puertas que la dictadura de Franco les había cerrado. Se trataba de Carmen Segura Mella, ingeniera industrial; Matilde Ucelay y María Juana Ontañón, arquitectas; Carmen Llorca, Josefina García

---

feminismo en España, no haga ni siquiera una referencia a Fórmica, limitándose a recordar en una nota al pie de página (que necesariamente debería modificar las palabras arriba transcritas) que "esta reforma había estado precedida por una campaña *de cinco años*" (subrayado por mí). Si Scanlon admite que se trató de una larga campaña en una nota, la ausencia de tratamiento específico de este acontecimiento es cuando menos inquietante. Las referencias a María Campo Alange sólo la reconocen como proveedora de datos pero no como promotora de estudios que hoy día reconocemos como feministas; una actitud similar se adopta con respecto a la obra de Lidia Falcón. Estas omisiones ponen de manifiesto la falta de perspectiva con la que la crítica literaria ha observado los temas de la mujer en la postguerra.

Araez y Pilar Villar, doctoras en Filosofía y Letras; Mercedes Maza, médica; María de la Mora, periodista; Dolores Rodríguez Aragón, profesora de canto del Conservatorio de Madrid; Sofía Morales, pintora y periodista; Carmen Werner, licenciada en Pedagogía. Un conjunto variado desde el punto de vista de ideología ya que incluye desde las mujeres más disidentes (Matilde Ucelay) a las más dóciles (Carmen Werner).

A la preparación de esta ponencia dedicó el equipo veintidós meses. El trabajo se llevaba a cabo en el Instituto de Estudios Políticos, entonces dirigido por Javier Conde, antiguo profesor de nuestra autora, según ya se ha visto, en los años de la Universidad de Sevilla. A pesar del permiso específico que el proyecto colectivo había recibido el documento resultante fue censurado y retirado del Congreso momentos antes de que tuviera lugar su anunciada lectura. La ponencia, calificada de feminista, fue en realidad secuestrada y Mercedes Fórmica al reclamarla fue informada de que el documento se "había perdido". Cuando en 1960 Pilar Primo de Rivera presentó un proyecto de ley ante las Cortes sobre la situación de la mujer en las profesiones liberales, Mercedes Fórmica reconoció el trabajo del grupo de colaboradoras del Instituto de Estudios Políticos de 1951 del que sólo conservaba los borradores. El proyecto de ley, aprobado por las Cortes el 15 de julio de 1961, presenta un añadido en su preámbulo que irónicamente invalida toda la argumentación en la que se basa la ley, la igualdad entre hombres y mujeres a la hora de poder ejercer una profesión para la que han seguido una preparación idéntica: "No es, [este proyecto] ni por asomo, una ley feminista [...] En modo alguno queremos hacer del hombre y de la mujer dos seres iguales [...] lo que pedimos con esta ley es que la mujer empujada al trabajo por necesidad lo haga en las mejores condiciones posibles, de ahí que la ley, en vez de ser feminista, sea, por el contrario, el apoyo que los varones otorgan a la mujer, como vaso más flaco, para facilitar la vida".[16] La ley abrirá la profesión a muchas carreras, pero no a todas, la carrera militar, la judicial y la marina mercante aún le estarán vedadas, no así la de la carrera diplomática en la que Fórmica había fijado su objetivo pero a la que ya no piensa dedicarse.

Los años cincuenta se completaron con otras actividades, Mercedes Fórmica volvió a probar fortuna dirigiendo una revista para la mujer, *Feria,* que no prosperó por falta de medios. Su labor más interesante en el mundo editorial fue la dirección de "La novela del sábado" resucitada por Joaquín Calvo Sotelo; a este respecto comenta "Me hubiera gustado acercar al lector español obras de Joyce, de Virginia Woolf, de Faulkner". La colección incluyó a autores contemporáneos españoles desde Baroja a Elena Quiroga, pero la inclusión de una novela de Augusto Martínez de Olmedilla con un párrafo potencialmente injurioso para la abogacía, estuvo a punto de ocasionarle la expulsión del Colegio de Abogados y la apertura de un expediente disciplinario del que sólo pudo salvarse con inteligencia y astucia. Mercedes Fórmica atribuye esta agresión a la animosidad provocada por la campaña que por entonces llevaba a cabo en pro de los derechos de la mujer.[17] Todos los objetivos conseguidos por Fórmica en un espíritu de rebelión a las normas establecidas para la mujer, le ocasionaron proble-

16. Proemio al proyecto de ley presentado por Pilar Primo de Rivera ante las Cortes, aprobado el 15 de junio de 1961 tras ligeras modificaciones y que se publicó en el *Boletín Oficial del Estado* el 22 de julio del mismo año. Cf. María Campo Alange, *La mujer es España*, p. 368.

17. "El caso excedía los límites de un compañero amargado. Parecía la obra de unos machistas contra el éxito más o menos justificado de una mujer." *Espejo roto y espejuelos,* manuscrito inédito, p. 104.

mas y envidias, juzga nuestra autora, tanto por parte de hombres, como de mujeres, "Mi rebeldía no cayó bien en la Sección Femenina con raras excepciones... empezaron a mirarme como si no fuera 'trigo limpio' y hubo quien llegó a dudar de mi condición de 'camisa vieja' ".[18]

A nivel popular el reconocimiento es, no obstante, claro y hay otros sucesos que reflejan esta etapa de logros: en 1954 una falla dedicada a ella en los festivales valencianos de ese mismo año y la aparición en la revista estadounidense *Holiday* de un vistoso reportaje con fotografías hechas por la hoy esposa de Arthur Miller, Inge Morath. A principios de la década de los 60 Fórmica es invitada por la Secretaría de Estado para visitar los Estados Unidos. El viaje se cancela a última hora para contraer segundo matrimonio, habiendo ocurrido la ruptura con Eduardo Llosent.

Su nuevo marido, el ingeniero industrial José María Careaga Urquijo, la alejará de la turbulenta vida profesional. Fórmica desapareció de la escena pública y sus actividades se volvieron hacia la investigación histórica. Dos obras son el fruto de este trabajo, ambas sacan a la luz a mujeres del siglo XVI. Fórmica que ya se había preocupado por defender los derechos de la mujer futura, intentando abrir camino a nuevas generaciones universitarias, a la mujer del presente por medio de su bufete, sus columnas en los periódicos, y la denuncia que supone nuestra novela, se convierte también en investigadora y biógrafa de la mujer del pasado, y así rescata sombras históricas a las que dota de vida. *La hija de don Juan de Austria* (1973)[19] y *Doña María de Mendoza* (1979),[20] amante del príncipe

---

18. *Espejo roto y espejuelos,* p. 7.

19. Mercedes Fórmica, *La hija de don Juan de Austria* (Madrid, Revista de Occidente, 1973).

20. Mercedes Fórmica, *Doña María de Mendoza, solución a un enigma amoroso* (Madrid, Caro Raggio,1979).

y madre de la primera. De esta biografía dice su prologuista Julio Caro Baroja: "Un drama como el que constituye la vida de la protagonista de este libro, no puede haber quedado reflejado en impresos. Tiene que haber [...] quedado virgen y sepultado en la paz cientos de años. Mercedes Formica lo reconstruye sobre una base de trabajo ardiente. Lo reconstruye también partiendo de su condición de mujer".[21] Estas observaciones son esenciales, Mercedes Formica nunca abandona su perspectiva de mujer para tratar a la mujer.

La década de los ochenta es la de la viudez y los recuerdos, son años de escritura de una autobiografía en la que se apoyan estas notas. Hay cuatro libros, *Infancia* (1987), *Visto y vivido* (1982), *Escucho el silencio* (1984) y *Espejo roto y espejuelos* (inédito), en todos ellos se consigue más una visión bulliciosa y turbulenta de las personas que de una manera directa (amistades, encuentros) o indirecta, (lecturas, recuerdos, anécdotas oídas) se han cruzado por la vida de la escritora, que una narración de su propio itinerario vital que la persona que lee debe ir arrancando del texto. Datos personales escasean, las fechas se eluden, el tiempo parece adquirir una intemporalidad y un cuerpo sólido. Son en primer lugar retazos de bellas narraciones: muchas de ellas tienen como protagonistas a mujeres. Estas memorias que tienen tanto de narración novelesca dan claves esenciales para comprender el proceso creador de la escritora. Todas las anécdotas, o una gran parte, que darán cuerpo a sus novelas aparecen vividas por unos u otros protagonistas en sus memorias. Su obra más reciente, la novela *Collar de ámbar* (1989),[22] es una síntesis de las preocupaciones constantes a lo largo de la vida: indaga

21. Julio Caro Baroja, "Prólogo" *La hija de Don Juan de Austria,* p. 12.
22. Mercedes Formica, *Collar de ámbar* (Madrid, Caro Raggio, 1989).

en ella la permanencia de los hebreos o cristianos nuevos hebraizantes en las sociedades andaluzas y extremeñas de nuestros días.

A instancia de parte, un caso de ginocrítica

La novela apareció en 1955 y recibió el premio Cid (Servicio Español de Radiodifusión) cuyo jurado estaba compuesto por los intelectuales de más prestigio en aquellos momentos: Dámaso Alonso, Melchor Fernández Almagor, Dionisio Ridruejo, Padre Félix García, junto a nombres más nuevos como José Suárez Carreño o Carmen Laforet. El texto que aquí se presenta ha sido revisado por la autora y contiene numerosas variaciones, como se detalla en la nota preliminar al texto. A pesar de la enorme difusión que en los mismos momentos de su salida tenía el nombre de Mercedes Fórmica, la novela con un planteamiento temático tan afín al de la campaña iniciada en 1953, no recibió atención. Esta circunstancia no ha sido rectificada a pesar de la continuada actividad literaria de Fórmica en los años setenta y ochenta.

La nueva promoción de mujeres escritoras que comienzan su carrera alrededor de 1975 tienen una actitud claramente rupturista con respecto a las que habían surgido en la postguerra; se perfila un feminismo activo que por otra parte corresponde a un despertar de la conciencia de la mujer a un nivel general tanto en Europa como en América. En consecuencia, el rechazo cerró doblemente la puerta a Mercedes Fórmica, en primer lugar por pertenecer a la generación anterior, en segundo por venir su reputación ambiguamente mezclada con ideología falangista. Del hecho de que Fórmica durante los años cincuenta fuera un motivo de incomodidad para sus antiguas correligionarias, de la lucha que primero en equipo y luego sola llevó a cabo, poco sabían las escritoras más jóvenes y menos le importaba. Ya se ha mencionado cómo Lidia Falcón atribuyó la liberalización del código a un deseo del régimen por conveniencia política y apenas reconoce el esfuerzo de las mujeres del momento, incluido el de Fórmica. No obstante, la novela que ahora tenemos entre manos, escrita por mujer jurista y abogada de temas familiares, se inserta perfectamente en lo que conocemos como ginocrítica dentro de la teoría literaria.

Se trata de una novela conscientemente beligerante, con un objetivo político y social concreto, aunque socialmente su autora pertenezca a un orden conservador. Fórmica junto con María Campo Alange mantiene una política de investigación y denuncia en los temas de la mujer, marcando una continuación con las aspiraciones y los logros feministas del primer tercio del siglo en España. Ambas son herederas muy directas de la brillante Sor Juana de *Respuesta a Sor Filotea* y de la inconformista Concepción Arenal, pero como en el caso de Emilia Pardo Bazán, sus obras están marcadas por cierta ambigüedad que proviene no del trabajo ni del material en sí, sino de la posición social de las escritoras.

Desde un ángulo epistemológico, nos interesa conocer si hay de hecho una diferencia entre los conceptos literatura feminista, literatura de mujeres y ginocrítica o genericidad, y sobre todo si debe haberla. Los estudios de la mujer en Europa y en Estados Unidos van utilizando cada vez más el término feminismo que pierde el matiz de ruptura, militancia y hostilidad que tradicionalmente poseía y que había sido directamente reclamado. Rosalind Coward opina que "feminismo debe siempre significar la alineación de mujeres en un movimiento político con objetivos y finalidades específicas".[23] Por su parte Toril Moi alude a la diferencia que la teórica de estos estudios, Elaine Showalter, realiza entre ginocrítica y crítica feminista: "Ginocrítica será la de la obra escrita por mujer, y crítica feminista es la que desempeña la mujer como crítica leyendo obras escritas por hombres".[24]

Con estas premisas podemos decir que nos encontra-

23. "Feminism must always be the alignment of women in a political movement with particular political aims and objectives." Rosalyn Coward en "Are Women Novels Feminist Novels?". en *Feminist Criticism*. ed. Elaine Showalter (New York: Pantheon, 1985). p. 237. Coward añade como conclusión a su ensayo: "I think it is only if we raise such questions — questions of the institutions, politics of those institutions, and the assessment of those representations — that we can make any claim at all to a 'feminist reading' " ("creo que solamente en el caso de poder poner en tela de juicio tales cuestiones —instituciones, política de esas instituciones, y la estimación que esta política suscita— podremos proclamar que efectuamos una 'lectura feminista' "), p. 238.

24. Toril Moi, *Teoría literaria feminista,* trad. Amaia Barcerra (Madrid, Cátedra, 1988), p. 85. Moi se refiere a los dos artículos básicos de Elaine Showalter, "Toward a Feminist Poetics" (1979) y "Feminist Criticism in the Wilderness" (1981); ambos aparecen en el libro citado en la nota anterior, n.º 23, en cuyo prólogo (1985) Showalter puntualiza con respecto al estado de los estudios sobre la mujer durante la década de los ochenta: "The increased power of feminist perspectives within the university has led to innumerable changes in literary textbooks [...] Moreover it appears that other schools of modern criticism are learning some lessons from our movement, and beginning to question their own origins and directives. Feminists, blacks and poststructuralists critics, both male and female have been drawing closer together if only because in the atmosphere of the 1980's they represent [...] what is called 'the crisis', but what may be the renaissance of the humanities" ("El aumento de poder de la perspectiva feminista dentro de la universidad ha conducido a numerosos cambios en textos literarios [...] Lo que es más, parece que otras escuelas de crítica moderna están aprendiendo lecciones de nuestro movimiento y empiezan a poner en tela de juicio sus propios orígenes y direcciones. Las feministas, los negros y los postestructuralistas se unen aunque sólo sea porque en el ambiente de los ochenta representan [...] lo que se ha llamado 'la crisis', pero que puede en realidad ser el renacimiento de las humanidades"), p. 16.

mos ante un caso de ginocrítica al considerar una novela que "pone atención en el mundo de la cultura de la mujer que está empezando a salir a la luz".[25] Cuando Carmen Martín Gaite nos habla de "la chica rara" como fenómeno que de manera casi subrepticia va colándose en la literatura de postguerra, propone a la mujer como rompedora de un mundo asignado de manera indiscutible por la tradición;[26] la chica rara es la que sale a callejear y se aleja de la casa. La implicación por ejemplo de refranes tales como "la mujer casada la pata quebrada" reconoce el reino y dominio de la mujer en el hogar. De él quiere escaparse la mujer moderna, como lo quiso la antigua, de ahí que figure "ventanera" en la lista de vicios típicos de la mujer relatados en la literatura escrita en castellano.[27] Por otra parte todo lo escrito en torno a la mujer en el momento de su lucha más afortunada (Ramón y Cajal, Marañón, Vital Aza) o menos afortunada (atonía de la postguerra, falange), había hecho hincapié en la mujer como reina del hogar.

En 1948 María Laffitte en su libro *La guerra secreta de los sexos* plantea, apoyándose en teorías de Bachofen, Levy Bruhl y Gaston Richard, la ancestral pugna entre lo matriarcal y lo patriarcal que asigna el título auténtico de

25. "Gynocritics begins at the point when we free ourselves from the linear absolutes of male literary history, stop trying to fit women between the lines of male tradition, and focus instead on the newly visible world of female culture". En E. Showalter, "Toward a Feminist Poetics", en *Feminist Criticism*, p. 131.

26. Cf. Carmen Martín Gaite, "La chica rara", *Desde la ventana* (Madrid, Espasa Calpe, 1987), pp. 89-110.

27. María del Pilar Oñate cita a Pedro de Luján en *Coloquios matrimoniales* (Sevilla, 1550) en estos términos: "por eso mejor que atender a la fortuna, es seguir el uso antiguo cuando nadie se casaba sino con la hija de su vecino con quien se criara porque ya se habían visto muchas vezes; sabía si era *parlera*, si *ventanera*, si *salidera*" (subrayados en el texto), en *El feminismo en la literatura española* (Madrid: Espasa Calpe, 1938), p. 99.

rey de hogar al hombre y que someterá a la mujer a un estado de servidumbre muy próximo a la esclavitud, como lo describió Stuart Mill. La teoría de Freud sobre la personalidad de la mujer presenta una buena perspectiva del panorama, dominio del varón sobre la mujer explicado por la amorfia y carencia femenina. María Laffitte, con este libro es una precursora del pensamiento feminista de base antropológica que cuestiona el sistema patriarcal: "remontándonos hasta las viejas luchas primitivas, descubrimos algo ostensible y vivo de esas dos corrientes [matriarcado y patriarcado] que hoy obran secretamente, pérfidamente encubiertas por la transigencia; pero que no obstante, producen en su oscuro forcejeo un malestar inexplicable, que no es otra cosa que la herencia de un pasado junto a la calidad inmutable de dos naturalezas distintas".[28] Se trata, pues, de reconstruir una historia que no se ha escrito ya que la escrita lo ha sido solamente por los hombres, para en un viaje en sentido inverso al tiempo, encontrar las raíces de estos conflictos "pérfidamente encubiertos". Es evidente el valor y la vigencia de este enfoque en las más recientes formulaciones de la crítica feminista. María Campo Alange recuerda, siguiendo a Bachofen, el dilema de Orestes en *Las Euménides*. La liberación de la tortura del remordimiento por el matricidio, en premio a la aceptación de un nuevo orden, con el padre como único progenitor, es un documento escrito que marca el triunfo del varón en el conflicto. En la conclusión de la trilogía se confirma de manera categórica la

---

28. María Laffitte, Condesa de Campo Alange, *La secreta guerra de los sexos* (Madrid, Revista de Occidente, 1948), en su primer capítulo "Dos tendencias en pugna", se apoya en los autores citados: Juan Jacobo Bachofen, *El matriarcado;* Levy Bruhl, *La mentalidad primitiva;* Gaston Richard, *La femme dans l'histoire.* Otro texto citado con frecuencia es P. Frische, *El enigma del matriarcado.*

misoginia flagrante que la informa y que se pone de manifiesto en el papel asignado a Clitemnestra como no-madre y como no-progenitora. El triunfo del hombre es proclamado por una mujer, la propia Atenea, quien abdica de deuda con su sexo, ya que ella nació del padre, sin concurso de mujer; Zeus la parió literalmente con la cabeza y Atenea llegó al mundo cubierta con un casco guerrero y portando una lanza en el brazo derecho. Esta circunstancia es coherente con el papel secundario y hostil a la mujer que permea en toda la trilogía de Eurípides.[29]

A instancia de parte es un documento sobre este mismo aspecto contemplado desde un doble ángulo: en primer lugar desde el código ancestral del patriarcado que impone unas reglas, no escritas pero ineludibles, sobre el propio varón. Éstas se manifiestan en el terror a perder la posesión de la pareja y, en consecuencia, la certidumbre de la paternidad y tienen su representación social y cultural en la tradición del marido engañado o cornudo. El

29. Esquilo ganó la competición teatral de las fiestas anuales dedicadas a Dionisos en el 458 A.C. con la trilogía *La Orestiada* compuesta por *Agamenón, Las coéforas,* y *La euménides.* Esta magna obra narra aspectos míticos de los humanos y los dioses; su interpretación, por tanto, puede iluminar los paradigmas de los papeles asignados. De la misma manera que Freud centró en la obra de Sófocles *Edipo Rey* la configuración de la personalidad masculina, varias investigadoras feministas contemplan la trilogía de Eurípides para entender el papel silenciado de la madre teniendo en cuenta a Clitemnestra. *Agamenón* describe la vuelta del marido de Clitemnestra, Agamenón, de la Guerra de Troya en el curso de la cual, y contra la voluntad de su esposa, ofreció a la hija de ambos, Ifigenia, en sacrificio. Clitemnestra se venga ahora asesinando a Agamenón con la ayuda de su amante Egisto. En *Las coéforas,* Orestes, hijo de Agamenón y Clitemnestra regresa a Argos y animado por su hermana Electra, asesina a Clitemnestra y a Egisto. En *Las euménides,* el remordimiento, las furias, por el matricidio cometido no da reposo a Orestes. La intervención de Apolo y Atenea exonera a Orestes por medio de un tribunal de ciudadanos que ellos convocan y que declara que la madre no es progenitora, honor correspondiente sólo al padre. Aparece aquí por primera vez la proclamación del patriarcado como eje de la sociedad.

segundo ángulo se refiere al código escrito y legislado y se manifiesta en el Código Civil, que dota al marido de un poder capaz de convertirlo en el tirano del hogar.

El planteamiento de estos conflictos no le viene dado a esta escritora por modelos literarios de ninguna especie, le viene de sus propias vivencias, de una observación crítica y sagaz, y un impulso insobornable hacia la justicia. Las vivencias son en primer lugar el conflicto entre sus propios padres, en segundo las diversas historias de personas conocidas y tratadas por la familia que componen el sustrato infantil y de adolescencia y, en tercer lugar, de los casos que va conociendo como abogada de mujeres. De modo que todo lo material, artísticamente elaborado, tiene nombres propios: el caso de sus padres, el caso Munter, el caso de Clementina y el de Antonia Pernia, como representantes de una legión que se debate en la guerra secreta de los sexos observada por María Campo Alange. La novela es un capítulo de esa historia que no se ha escrito y que revela el laberinto que es la mujer al que aludía Concepción Arenal: "porque después de lo que han hecho los hombres con sus costumbres, sus leyes, sus tiranías, sus debilidades, sus contradicciones, sus infamias y sus idolatrías ¿quién sabe lo que es la mujer ni menos lo que será?... el natural de la mujer ha venido a ser un laberinto, cuyo hilo no tenemos".[30] Mercedes Fórmica comenzará a tirar del hilo.

La novela a grandes rasgos ordena su *fábula,* en tres bloques: El primero es el drama de un esposo engañado, Chano Maldonado, que se niega a seguir el código ancestral que le obligaría a rechazar a su mujer, Esperanza, y a vengarse de la afrenta. Su dilema es reconocer y vengar el

---

30. Concepción Arenal, "La mujer del porvenir" en *La emancipación de la mujer,* ed. de Mauro Armiño (Madrid, Ediciones Júcar, 1974), p. 148.

ultraje o perdonar. Al inclinarse por la segunda alternativa, pierde su condición de macho y su lugar en la sociedad patriarcal. El principio de la novela lo presenta como un despojo de hombre, mendigo y alcoholizado, sometido, y ya resignado, a un implacable ostracismo por los hombres y las mujeres de su casta. El segundo bloque de acción se centra en otro hombre, Julián, perteneciente a la misma casta y participante responsable del rechazo de Chano, que emigró a Filipinas donde se casó con una mujer del archipiélago y de quien tuvo un hijo. Al regresar la familia a España Julián siente una repugnancia racial por su mujer y urde una manera de librarse de ella. El tercer bloque narrativo es implícito y silencioso, compuesto por la mujer filipina, Aurelia, y se organiza en el nivel de la comprensión del fenómeno que la novela denuncia, el triunfo incontestado de la ley patriarcal tanto en los códigos escritos como en los ancestrales.

Respecto al primer módulo narrativo, el que se ordena en torno al marido engañado, Chano Maldonado, conviene recordar que la legislación civil hasta 1961 concedía lo que Julio Iglesias de Ussel califica como "licencia para matar". El artículo 428 decía "El marido que, sorprendiendo en adulterio a su mujer, matare en el acto a los adúlteros o a alguno de ellos, o les causare lesiones graves, será castigado con la pena de destierro. Si les produjese lesiones de otra clase, quedará exento de pena".[31] Se trata de la manifestación de uno de los rasgos esenciales de la cultura patriarcal en la que el hombre, según la tradición, no

31. Julio Iglesias de Ussel y Juan José Rico, *op. cit.*, p. 148. Un resumen muy interesante en los usos y costumbres que regían la legislación del adulterio en los diversos fueros españoles, en el *Fuero Juzgo* y en *Las partidas*, es el trabajo de Francisco Martínez Marina, de la Real Academia de la Historia, originado por un encargo real a la Academia en 1794 de que publicasen la obra de Alfonso X. Cf. Francisco Martínez Marina, *Ensayo histó-*

debe ceder un ápice. Chano en meditaciones que nos devuelven a un tiempo retrospectivo percibe así su caso: "Pero si tu mujer vuelve y te asegura que está arrepentida, que sólo te quiere a ti [...] ¿por qué razón no voy a poder perdonarla? Ya sé que ahora es cuando uno debe negarse. En eso reside la pequeña diferencia que hace a un hombre lo que soy, y a otro uno de verdad".[32] (pág. 68). Como Orestes antes de la intervención de Apolo y Palas, Chano responde a un impulso no socialmente impuesto, sino a una manifestación de su propia personalidad la del amor, el perdón y la abnegación, características que culturalmente le han sido conferidas a la mujer y que concuerdan con su papel de víctima y objeto de propiedad. Chano al obrar así está poniendo en peligro toda una urdimbre social. Por eso el macho se vuelve contra el hombre con una violencia que como ya puntualizaba Arenal, tiene sus orígenes en "la impotencia o en el error".

La sicología freudiana no percibe a la mujer en términos de plenitud humana que sólo es atribuida al hombre. La mujer es un espacio vacío, una carencia, cuya función de "freno ni siquiera la ejerce [...] como entidad propia o sujeto de acciones sino como entidad determinada y obligada por la prole".[33] No obstante se vislumbra aquí un principio de autoridad que se define por lo que excluye

---

rico-crítico sobre la legislación y principales cuerpos legales de León y Castilla, especialmente sobre el Código de Las Siete Partidas de Alfonso X El Sabio, tercera edición (Madrid, Imprenta de la Sociedad Literaria y Tipográfica, 1845), pp. 196-204. Se comprueba al leer estos textos el remoto origen de una legislación a favor del varón casado que prácticamente se ha conservado intacta hasta el siglo XX.

32. Mercedes Fórmica, A instancia de parte, p. 68 las referencias a las páginas insertas en el texto pertenecen a la presente edición.

33. Concepción Fernández Villanueva, "La mujer y la sicología", en Liberación y utopía, pp. 81-82.

como señala Derrida, ya que la autodefinición del varón tiene que apoyarse en la oposición que al concepto masculino presenta el tradicional femenino. Todo el montaje de lo masculino se construye sobre la violencia que se ejerce en el otro sexo.[34] A partir de esta fisura que se manifiesta, efectivamente en "la impotencia o en el error" se pueden desmontar o "desconstruir" las normas sociales para descubrir su motivación insidiosa y su falsedad. Se trata, volviendo a la definición del patriarcado, de constatar más bien la carencia por parte del varón en su papel biológico, y el problema de la difícil certidumbre de la paternidad. La maternidad, por el contrario es irrefutable, pero este hecho se ha convertido más bien en castigo, ya que por ella le ha sido negada a la hembra cualquier autopercepción que no arranque de ese papel biológico al que ha sido confinada. No es ilógico pensar que alrededor de esta superioridad tan evidente de la mujer, se ha centrado toda una mitología patriarcal que perdura hasta nuestros días. Desde la inseguridad que se pone de manifiesto en el axioma "mater certa, pater incertus" o el refrán "los hijos de tus hijas tus nietos son, los hijos de tus hijos serán o no", pasando por la recomendación de las *Siete Partidas* de honrar a la propia esposa "porque los hijos que de ella salieron sean más ciertos",[35] se puede vislumbrar una perspectiva del problema.

34. Cf. Jacques Derrida, "Living on: border lines", en *Deconstruction and Criticism* (New York: The Seabury Press, 1979), pp. 77-155. Derrida define la deconstrucción, o demolición del texto, como primariamente dirigida a la destrucción de estructuras institucionales, normas pedagógicas o retóricas, disposiciones legales, etc., a partir de sus propios montajes y por medio de la fisura creada por la violencia impuesta por el principio de autoridad. Véase también "The Time of a Thesis", en Alan Montefiori (ed.) *Philosophy in France Today* (Cambridge: Cambridge University Press, 1983), p. 45.

35. Alfonso X, *Las Siete Partidas*, Partida IV, Título I, Ley X. Citado por Pilar Oñate, *op. cit.* Mercedes Fórmica, a diferencia de Pilar Oñate que se

Lacan amplía el pensamiento freudiano explicando la relación masculino-femenina en términos que luego valdrán para argumentar la construcción del lenguaje con la base biológica de los papeles del padre y de la madre. La criatura, en la primera etapa, la especular, se siente integrada con la madre en una relación metonímica y armoniosa, de plenitud pre-verbal que constituye el orden imaginario; la aparición del padre al mismo tiempo que el lenguaje establece en la critura una relación de metáfora con el padre quien introduce la ley y el orden simbólico es decir la cultura y la sociedad. El padre da el nombre e impone su autoridad; el padre legisla y somete a la esposa y a la descendencia en virtud del significante trascendente, que no es otra cosa que aquello que lo hace hombre, pero no hombre racional, sino lo que lo hace hombre biológico, es decir el falo.[36] Así que la supuesta superioridad racional y espiritual del macho no tiene otro asentamiento que su órgano sexual; tenemos que estar de acuerdo con el juicio de la filósofa Celia Amorós: "la mujer es sistematizada en el discurso filosófico con tópicos más o menos recurrentes, tópicos que en un mundo no sexista lle-

---

pronuncia a favor de Alfonso X como uno de los primeros feministas, denuncia en el Rey Sabio la continuada ginofobia de raíz patriarcal: "El llamado *Libro de las Siete Partidas* [...] recogió y hasta magnificó el espíritude la 'imbecilitas sexus' del Senado Consultus Veleyano. En su Partida IV el Rey Sabio prohibió dar cargos de responsabilidad o de confianza a la mujer por ser 'de peor condición que el hombre en muchas cosas, en muchas maneras' ". En "Falsas y verdaderas formas del feminismo", conferencia pronunciada con motivo de la inauguración del Edificio Beatriz Galindo en Madrid el 11 de diciembre de 1975. Folleto editado por la Biblioteca Nacional.

36. Cf. Las observaciones que sobre esta teoría lacaniana hace Celia Amorós, con referencia a la irrupción del orden simbólico, el representado por el padre, en el orden imaginario o etapa preedípica representada por la madre, en "Rasgos patriarcales del discurso filosófico: notas acerca del sexismo en filosofía", nota n.º 6, en *Liberación y utopía*, pp. 42-43.

varían a muchos geniales filósofos clásicos al sonrojo epistemológico, situación de la que les libra la impunidad que
el propio patriarcado hace posible".[37]

De modo que en el dominio de la hembra y su descendencia está cifrada la identidad generativa del hombre; su
honor está así situado en la esposa y como tal está siempre
expuesto al despojo, la incertidumbre de la paternidad
siempre planeando como amenaza, de ahí el miedo y la
"impotencia" a la que se refiere Concepción Arenal, de
ahí también toda una serie de rasgos que, universalmente,
harán de la esposa una perpetua cautiva. El hombre ha de
asegurarse el papel fecundador exclusivo exigiendo la fidelidad incontestable de la mujer, a la cual y a su prole
dominará por medio de su nombre, de sus leyes escritas y
por escribir. Chano en la novela percibe la amenaza a su
propio sexo que la mujer constituye: "cualquier hombre,
por el hecho de serlo estaba expuesto a sufrir una suerte
como la suya" (pág. 156) y "Todos estamos expuestos a lo
mismo. Yo y Julián y el Presidente del Casino [...] los
solteros terminan por casarse, y ese día, inmediatamente
después de salir de la iglesia, ya está expuesto como los
otros." (pág. 156).

Mercedes Fórmica percibe estas contradicciones que se
expresan en el debate de Chano entre su propia conciencia y la ley ancestral de la que se siente separado, en virtud de su rechazo al papel sexual asignado: "yo no soy un
macho en el sentido que se da a esta palabra. Yo no he

---

37. Celia Amorós, *op. cit.*, pp. 35-36. Terry Eagleton al explicar la doc-
trina lacaniana señala que en el papel asignado al falo como significante
trascendente "no se trata, en efecto, de un órgano real o de órgano sexual
masculino, es simplemente un denotador de diferencia vacío en sí, un signo
de lo que nos divide de lo imaginario y nos inserta en nuestro lugar predesti-
nado dentro del orden simbólico". *Literary Theory. An Introduction* (Min-
neapolis: University of Minnesota Press, 1983), p. 168.

sido nunca un matón. He sido simplemente un hombre bueno" (pág. 168). No obstante la lucha no es fácil y si bien ha ganado un sentido de independencia y dignidad ha sido a costa de su paralización y anonadamiento que en sí mismos lo privan de una auténtica existencia. Esta insostenible situación va a dar lugar a una problemática reinserción que hará juego de nuevo al tirano, al macho legislador, es decir a Julián quien configura el segundo eje narrativo de la novela.

Las maquinaciones de Julián urden una doble trampa en la que se cazará en primer lugar al hombre que en virtud de su traición a la especie ha sido rechazado y colocado al nivel ínfimo de la mujer, es decir a Chano. De él se aprovechará y al mismo tiempo en virtud del chantaje al que lo somete, lo castigará despojándolo no ya de su personalidad como hombre y como varón, sino como ser humano racional. La trampa que prepara Julián tiene como objetivo librarse de su mujer quedándose con su hijo. El personaje aparece como hábil manipulador: "Es preciso meditar bien, dominar por completo el proyecto," (pág. 145). Tal proyecto no es otra cosa que la construcción de un escenario amañado que adaptándose a las provisiones del Código Civil justifique la condena de su mujer. Desde el ángulo de discurso narrativo, tenemos que observar que aquí reside la fuerza dramática de la novela, ya que el elemento hermenéutico o de intriga está perfectamente administrado; el lector, juntamente con el desconcertado Chano, irá descifrando los elementos de la trampa en la que lo cazará a él y a Aurelia. Esta tela de araña la constituirá el propio Código Civil que requiere en primer lugar un cómplice: "Había pasado varias noches madurando su proyecto y había llegado a la conclusión de que había que atraerse a Maldonado hasta lograr de él una fidelidad ciega" (pág. 102).

En 1953 Castán Tobeñas resumía la situación de suje-
ción de la mujer en tres niveles: "Primero, jefatura familiar del marido, quien ejerce potestad sobre la persona de
la mujer y de los hijos imponiendo el deber de obediencia
de la mujer al marido y a éste de proteger a su mujer.
Segundo, la extensión de la autoridad marital al patrimo-
nio de la familia, sobre la base de la necesidad de protección de la mujer casada quien queda equiparada como
incapaz con los locos y los menores. Tercero, el control
por el marido de la totalidad de los bienes matrimoniales".[38] Este panorama fue modificado en la República a
partir de la Constitución de 1931, según hemos visto más
arriba, que "en un solo artículo consagrado a la familia,
basó el matrimonio en la igualdad de derechos para ambos sexos, estableció el divorcio, la investigación de la paternidad y la igualdad entre los hijos nacidos dentro y fuera del matrimonio".[39] Ya hemos visto también que aun
con la nueva legislación, la mujer llevaba siempre las de
perder, y así ocurrió en el caso de la madre de Mercedes
Fórmica, a quien se privó del disfrute de los bienes gananciales y de la patria potestad del hijo. De todas formas la
situación a partir de 1939 apareció sin posibilidad de alivio: "el nuevo régimen se esforzará en anular todo vesti-
gio emancipador de la mujer y proclamar abiertamente su
papel subordinado".[40]

Apoyándose, pues, en la legislación que distingue entre
el adulterio del hombre y el de la mujer, Julián necesita
un cómplice que le dé a él la apariencia legal de marido
engañado, así dispondrá de esa "licencia para matar". De

---

38. Resumen del trabajo de J. Castán Tobeñas, *La Condición social y
jurídica de la mujer* (Madrid, Reus, 1953), pp. 12 y sgts., hecha por Julio
Iglesias de Ussel y Juan José Ruiz Rico en *Liberación y Utopía,* p. 147.
39. Ibíd., p. 149.
40. Ibíd., p.150.

modo que el cerco en el que coloca a Chano lo obligará finalmente a representar el papel de adúltero para que a su vez Aurelia aparezca como la esposa adúltera a quien hay que eliminar. La presión sobre Chano se hace intolerable, "semejante a un insecto que girase sobre sí con la intención de escapar de unas brasas, el razonamiento de Maldonado daba vueltas alrededor de un mismo eje en la búsqueda de una justificación que le permitiese realizar la acción que tanto le repugnaba" (pág. 167). Finalmente se rinde, el precio será perpetuo remordimiento y enajenación mental: "Chano dio un paso hacia adelante, muchos pasos hacia adelante [...] Aurelia no se apartó. Era inútil que Maldonado avanzase. Podría ir por toda la ciudad y Aurelia permanecería a su lado" (pág. 187).

El personaje de Aurelia, dramático y mudo, es el que da a la novela tensión interna, forzando la participación emocional de la persona que lee el texto. En este sentido la ausencia de la mujer del ámbito histórico y cultural se imprime con la potencia de ese insospechado descubrimiento por parte del lector. Como a Aurelia, nadie le dice nada directamente, sólo el acto de la lectura lo descubre. De los labios de otra mujer que ya sabe por propia experiencia, atónita, Aurelia escucha: "¿Has estado sola en la habitación de un hombre? Lo suponía. Es el mismo laberinto de siempre, la misma trampa. Hay una salida pero no la conocemos [...] Se preparan todas las piezas, se unen y una vez unidas, ya no hay escape posible. Te han cazado. ¿No lo comprendes?... Dime ¿había una cama en el cuarto?... ¿Una cama deshecha? ¿con el hueco de un cuerpo?... y además, había unas copas de vino y una botella. Dime ¿había todo eso?" (pág. 201). Ése es el escenario que Julián construye, siguiendo las especificaciones para una acusación incontestable. Lo que sigue, el trámite judicial es otra comedia "No firmaré nunca... Nada de lo que hay aquí escrito es verdad —Como guste. Ya le dije que bastaba con la declaración de los testigos" (pág. 215). Las consecuencias son el destierro de Aurelia a Filipinas y la pérdida de su hijo. Algo aquí vuelve a parecernos conocido. Cuando la madre de Mercedes Fórmica es privada de su hijo, leemos en *Escucho el silencio:* "Mamá marchó a Sevilla, desesperada. Sola, por motivos económicos. Cuando pienso en ella, tan delicada y dulce, que nunca levantó la voz, golpeando las puertas de la casa que había sido suya, llorando y gritando a todo gritar que le entregaran a su hijo, siento tanta pena que mi sangre se pudre".[41] Aurelia pasa por el mismo momento agónico: "Gritaba allí mismo. Gritaba una mujer... era un chirrido lacerante, insufrible que le corrompía la sangre y que le asfixiaba. Una de las mujeres abrió las persianas, y con la luz del día entró también el alarido ¡Gregorio! ¡hijo! ¿me oyes?" (pág. 224).

Cuando el hijo, dominado por las calumnias del padre, no responde sabemos que el código del macho se ha transmitido una vez más: "su padre le había dicho que era una mala mujer [...] y a él le constaba que su padre no mentía" (pág. 225). Cuando Julián, finalmente se reúne con su amante en la habitación de un hotel, ésta le previene, "y ¿no habrá peligro para nosotros? Al fin y al cabo estamos haciendo la misma cosa por la que tu mujer ha sido condenada". La respuesta es la formulación completa del problema planteado en la novela: "Pierde cuidado, las leyes son distintas para los hombres".

MARÍA-ELENA BRAVO

41. Mercedes Fórmica, *Escucho el silencio,* pp. 165-66.

Bibliografía

A) Obras de Mercedes Formica

Bodoque (novela corta), en *Revista de Occidente*, 51 (1945), pp. 5-65.

"Reflexiones sobre la novela". Cuadernos de Literatura, enero-junio 1950.

Monte de Sancha (novela). Barcelona, Luis de Caralt, 1950.

La ciudad perdida (novela). Barcelona, Luis de Caralt, 1951.

"La mano de la niña" (cuento), en *Clavileño*, 10 (1951), pp. 63-70.

"Situación jurídica de la mujer española" (conferencia). Folleto de "Agensola", tomo V - II trimestre, 1954.

A instancia de parte (novela). Madrid, Cid, 1955.

La hija de don Juan de Austria (ensayo). Madrid, *Revista de Occidente*, 1973.

"Falsas y verdaderas formas del feminismo" (folleto). Madrid: Biblioteca Nacional, 1975.

"La Infanta Catalina Micaela en la Corte Alegre de Turín" (conferencia). Folleto de la Fundación Universitaria Española, 1976.

María de Mendoza (ensayo). Madrid, Caro Raggio, 1979.

Visto y vivido (memorias). Barcelona, Planeta, 1982.

Escucho el silencio (memorias). Barcelona, Planeta, 1983.

La Infancia (memorias). Cádiz, Junta de Andalucía, 1987.

Collar de ámbar (novela). Madrid, Caro Raggio, 1989.

Espejo roto y espejuelos (memorias), inédito.

BIBLIOGRAFÍA

B) *Bibliografía sobre Mercedes Formica*

Anón. "Noble Mercedes", *Holiday* (12, 1954), pp. 99-102.

Bleiberg, Germán. "La ciudad perdida", *Clavileño,* n.º 10 (julio-agosto 1951), p. 72.

Bravo, María-Elena, "Desafío y ambigüedad en la literatura femenina de postguerra", *Alaluz,* 1 y 2 (primavera-otoño 1989), pp. 67-79.

Caro Baroja, Julio. "Prólogo", *La Hija de Don Juan de Austria* de Mercedes Formica. Madrid, Revista de Occidente, 1973, pp. 11-13.

Castellano, Pablo. "Prólogo", *Collar de ámbar* de Mercedes Formica, Madrid, Caro Raggio, 1989, pp. 9-12.

Castro, Fernando Guillermo de. "La novela de una mujer", *Correo literario* n.º 31 (septiembre 1951), p. 3.

Cianfarra, Camille M. "Wives Legal Lot in Spain Deplored", *New York Times,* 26 noviembre 1953.

García Nieto, José. "Collar de ámbar", *ABC* (Sección literaria), 12 agosto 1989, p. V.

Munilla, Diego. "Las marcas de la sangre", *El País,* 4 diciembre 1989, p. 17.

Walker, Alan. "Spanish Women Increasing Emancipation", *Daily Telegraph,* 26 marzo 1954.

Criterio de la presente edición

Ha sido deseo de Mercedes Fórmica revisar la edición de 1955 y, en consecuencia, se presentan en la versión de 1990 algunas alteraciones que se deben examinar. La revisión no afecta en absoluto el contenido ideológico de la novela en cuanto a visión del mundo jurídico desde una perspectiva de mujer. Esta perspectiva abarca la del hombre que no se adapta a los preceptos ancestrales del patriarcado. Ya que las variaciones son sumamente frecuentes pero en su contenido conceptual imperceptibles, no resulta práctico reseñarlas todas en notas al pie de página, limitándose éstas a ofrecer los casos en que aparece algún elemento que puntualice la información provista en 1955.

Permanecen inalterados los veinticuatro capítulos, y el contenido de cada uno de ellos en sus secuencias narrativas es idéntico en ambas versiones; tiempo, voz y modo, en el sentido que provee, por ejemplo, Genette para el análisis estructural de un texto, permanecen idénticos. El proceso al que Fórmica ha sometido su escritura presenta dos características, estilización y afinamiento del enfoque.

Estilización. La edición revisada es más nítida, aligerada de detalles que en muchos casos tendían a reproducir lo que la propia persona lectora elaborara automáticamente a partir de los datos esenciales que se dan en el texto. La carga informativa es prácticamente idéntica, la escritura se afina. Veamos un ejemplo que puede representar a la totalidad de las revisiones en este talante simplificador:

Cruzaron por delante de la fachada barroca de la iglesia de los agustinos, y de la bocacalle que se abría a la izquierda llegó una ráfaga de aire. La falda de la mujer tembló. Sus piernas parecieron estremecerse. Sin volver la cabeza la muchacha se adentró por la travesía y fue a perderse en la bruma de los muelles. Chano siguió sus pasos. El resplandor de las farolas horadaba la niebla. (1955, 105)

Cruzaron ante la fachada barroca del convento de los Agustinos. De la calle que desembocaba en el puerto llegó una ráfaga de aire que levantó la falda de la mujer. Sus piernas temblaron y desapareció en la bruma de los muelles. Las farolas apuñalaban la niebla. (1990, 76)

Los elementos de paseo, viento, niebla y misterio están presentes en las dos versiones, resultando la segunda más estilizada.

Precisión. La información en algunos casos se puntualiza, se afinan algunos detalles. En la presente edición se da desde el principio el nombre de Cádiz como el espacio en el que se desarrollan los acontecimientos; Cádiz es, evidentemente, también la ciudad descrita en la edición de 1955 pero no hay una referencia escueta a esta circunstancia, como la hay en la edición de 1990. En esta última edición se señala también el año 1918 que forma igualmente el fondo temporal de la primera, si bien de una manera menos directa. Hay también algunos cambios en lo que a cifras, duración de segmentos temporales o detalles jurídicos se refiere. Se puede conjeturar que la autora pretende con estas leves alteraciones acentuar la verosimilitud o el dramatismo. Todas estas variaciones se señalan al pie de página.

M.ª E. B.

A INSTANCIA DE PARTE

I

Julián se volvió. Le hablaba un hombre de mediana estatura, visiblemente derrotado.

—¿Me recuerdas? —insistió el otro con expresión anhelante.

—¡Claro que te recuerdo! ¡Naturalmente chico! Pero acabo de regresar del extranjero y así, a primera vista. Tú eres... —se detuvo.

El desconocido vino en su ayuda.

—Chano, Chano Maldonado.

—Eso. Chano Maldonado. —Julián sonrió.

La fisonomía del que hablaba le resultaba familiar y su nombre también, aunque de momento no lograse discernir de quién se trataba.

La embarazosa situación le llevó a extremar su amabilidad con el hombre, a pesar de que su aspecto predisponía en contra. Llevaba el vestido arrugado, la camisa deslucida y bajo sus ojos dos verdugones desfiguraban su expresión.

—¿Ibas a entrar en el café? —demandó Maldonado indicando con el gesto el interior del local.

Hacía muchas horas que Julián erraba por las calles,

absorto en su problema. Le sedujo el pensamiento de sentarse a una mesa con aquel desconocido que no le había olvidado.

—Te lo pregunto —aclaró Chano— porque si pensabas entrar podíamos sentarnos juntos. —Vaciló. Clavó los ojos en Julián—. A menos que tengas reparos de que te vean en mi compañía.

Julián insinuó una protesta.

—¡Dices unas cosas! —posó su mano en el hombro de Maldonado y entraron en el establecimiento. Le constaba que Chano no mentía cuando aseguraba que se habían conocido. Su rostro era el de alguien a quien se ha visto a menudo.

—¡Me recuerdan los viejos tiempos! —exclamó Chano con añoranza. Y por decir algo Julián se interesó.

—Y ¿qué? ¿Cómo te va?

El otro encendió un gesto irónico.

—Ya lo ves. De primera —lanzó una ojeada a su figura con expresión de burla que resultó lamentable —. Ya ves chico, a las mil maravillas.

Ocuparon una mesa junto a la ventana.

Julián observaba a su acompañante, intentando identificarle.

El único camarero les miraba con indiferencia. Chano gritó.

—¡Eh! ¡Tú! Sirve dos de aguardiente. El señor invita —se apresuró a concretar.

El mozo no se dio por aludido. Maldonado insistió.

—¿Has oído?

—Tengo mandado que no le sirva. Ya sabe.

—El señor invita.

—Yo invito, por supuesto —se apresuró a confirmar Juián en el deseo de dar fin a la desagradable escena—. Traiga lo que le ha pedido y a mí un café.

—A usted le serviré el café, pero a éste no le sirvo hasta que pague lo que debe.

Chano aferró al mozo por la corbata.

—Vas a tener mejores modos, ¿entiendes? Vas a tratarme como lo que soy y a guardar las distancias.

Julián intervino. Desasió las manos de Maldonado.

El camarero dispuso.

—Cuando pague, le respetaré.

Chano se había derrumbado en el diván. Su esfuerzo había agotado sus energías y se limpiaba el sudor de la frente con mano insegura.

—Abonaré lo de mi amigo.

—¿Habla en serio? Quiero advertirle que la deuda asciende a cuatrocientas pesetas.[1]

—He dicho que la pagaré.

Chano se engalló.

—¿Has oído? El señor paga. El señor es mi amigo. ¿Qué pensabas? ¿Qué podías aplastarme como a un gusano? ¡Entérate!, todavía soy alguien. Ve por ahí gritándolo. Di a todos que todavía viene a Cádiz un forastero que da la cara por Madonado.[2] —Se volvió hacia Julián, los ojos empañados.— Julián, amigo mío —se interrumpió.

Ordenó al mozo que se alejaba.

—¡A mí, doble de aguardiente!

En seguida confió su amargura.

—Debes saber la verdad, tienes derecho. Cuando nos hemos encontrado y tú me has preguntado "Qué tal hombre, ¿cómo te va?" y yo te he respondido "De primera", te mentí. En estos años he sufrido mucho,

1. "Sepa que el total asciende a trescientas pesetas." (edición de 1955, 11).

2. "Di a todos que todavía viene un forastero que da la cara por Maldonado." (1955, 12).

demasiado, lo que nadie ni tú mismo puedes imaginar.

Este miserable, éste que ahora se dobla delante de ti porque tienes la cartera repleta... ¡Las copas bien servidas! —gritó al mozo que disponía el pedido— este mismo te insultará si no puedes pagar el café.

Sorbió el aguardiente. Exclamó, el rostro congestionado.

—¡Bien Julián! ¡Eres un gran chico! Nunca olvidaré lo que has hecho.

Se tiró al estómago el resto de la bebida y quedó un instante gozoso, embrutecido.

—En este repugnante tugurio, has de saber que se trata de un repugnante tugurio, sirven el mejor aguardiente del barrio.

Te contaré mi vida —propuso—. No es cierto que viniese al café. Hace años que no lo piso y todo a causa de mi mujer. Porque tú recordarás mi caso, espero que no lo hayas olvidado.

Esperanza, después de andar suelta, vive de nuevo conmigo. Pretende que debe besar la tierra que piso, como si con eso remediase algo —calló—. Perdona Julián, ¿puedo pedir otra copa?

Sentía el cuerpo inmerso en el bienestar del alcohol, su miseria física diluida en la humilde bebida.

Julián asintió:

—¡Casa! ¡Doble de coñac!

Y resuelto el problema reanudó sus confidencias:

—Esperanza está hecha una ruina. Pero, ¿qué quieres? Es mi mujer.

Julián le oía cada vez con mayor atención. Poco a poco reconstruía la personalidad de Chano, un hombre vulgar destinado, como tantos hombres vulgares, a crearse una situación modesta pero segura, a terminar sus días convertido en buen padre de familia.

Maldonado se había casado con una muchacha de poca belleza. Sus compañeros de oficina descubrieron que le engañaba.[3] Acumularon pruebas y Chano, ignorante de la verdad, debió rendirse a la evidencia.

Colocado en el dilema de elegir entre su mujer y su profesión, se decidió por la segunda.

Más tarde, Esperanza quiso volver a su lado y Maldonado había perdonado. Un nuevo engaño le hizo perder mujer y carrera.[4] Julián recordaba, ahora, que votó contra Chano en la sesión del Casino convocada para expulsarle.

—Esperanza ha sido extraordinaria pero si la vieras no la reconocerías. Entra en el cuarto y se sienta donde puede. No habla. Está vieja, ¡Dios! hasta qué punto está vieja esa mujer.

Yo grito que por su culpa me veo en esta situación. Has de saber que no tenemos nada, ni siquiera prendas de vestir —recordó algo y quiso variar el curso de sus palabras, pero las palabras le arrastraron—. A Esperanza se le caen las lágrimas. Me consta que, si pudiera, borraría lo que hizo. Claro que su arrepentimiento le ha entrado ahora que no puede con el cuerpo y está enferma, porque si pudiera, si de verdad pudiera, volvería a largarse.

La debilidad que dominaba a Chano comenzó a dar signos. En general bastaba una copa para ponerlo beodo. Hoy, después de cuatro, la lengua se resistía al pensamiento.

—A veces, pido limosna —susurró. Al instante, con energía inusitada, cogió el brazo de Julián—. ¡Es un se-

3. "Sus compañeros de carrera descubrieron un día que esta mujer le engañaba." (1955, 14).

4. El caso de Esperanza y Chano recuerda el que Fórmica denomina caso Clementina, mujer infiel y personaje, como tal, de la infancia de Fórmica, al que se refiere en *Visto y vivido* (p. 90 y ss.), emparejándolo con el caso Munter.

MERCEDES FÓRMICA

creto! ¿Entiendes? Y te prohíbo, ¡así!, te prohíbo, que lo vocees en el Casino.

Aspiró aire. La bocanada impulsó hasta sus entrañas la fuerza del coñac.

—Pido limosna y di-vi-do las ganancias con ella. Mi parte me sirve para tomar una bebida. ¡Tú no sabes, Julianillo, lo que es un buen coñac a tiempo!

Se detuvo, el aliento cortado.

Julián le miraba cada vez con mayor atención. A Chano le molestó la mirada.

—Sé lo que piensas. Que soy despreciable.

"Yo, en tu caso, le pegaría un tiro." —me decían—. Te dicen eso porque no están en tu caso. También yo, antes de que sucediese, lo había repetido. "Si mi mujer me engañase le pegaría un tiro." Pero después llega el momento y no puedes hacerlo. Y como te acosan y te cercan y te obligan a escoger entre ella y lo que supone tu pan, sucede que si no has tenido valor para matarla, la dejas ir.

¡Bien!, comprendo que hay que dejarla marchar, hasta eso lo admito —su tono era conciliador, inundado del bienestar caliente que colmaba sus entrañas—. Pero si tu mujer vuelve, y asegura que está arrepentida, que sólo te quiere a ti, ¿porqué no puedo perdonarla?

Ya sé. No me lo repitas. Ahora es cuando uno debe negarse. En ello reside la diferencia que hace a un hombre lo que soy y a otro uno de verdad. ¿Qué quieres? He nacido de esta manera.

La vaharada que calentaba su estómago, alcanzó el cerebro, los recuerdos se encendieron y gritó, apretando las manos.

—¡Y todos vosotros, y tú el primero, maldito farsante, tenéis la culpa de lo que pasa! —intentó alzarse. Le fallaron las piernas—. A fin de cuentas qué os importaba que mi mujer me engañase. La frente es mía, ¿no? y el deseo de perdonar mío también. Entonces ¿qué os importaba?

Calló y sintió un gran sobresalto al descubrir la extraña expresión de su amigo en cuya mente acababa de nacer un proyecto.

Inquirió, desalentado.

—¿Te he ofendido? Perdona. Perdóname, chico. A veces pierdo la calma y no sé lo que digo —su miedo aumentó—. ¿No te volverás atrás? Dijistes que pagarías todo, hasta el último céntimo.

Julián se hubiese marchado si aquella idea no continuara tentándole.

—Tranquilo. Mantengo mi palabra.

El otro volvió a emocionarse, con la machacona emoción de los borrachos.

—Dispulpa. Siempre sucede lo mismo —se sumió en un círculo y su soliloquio se hizo más profundo—. Incluso olvidó a Julián.

—Siempre sucede lo mismo, la lengua se me suelta y el pensamiento se va por un lado y la lengua por otro. No puedo dominarme y sé que debo hacerlo, pero estoy blando, vacío. Sobre todo vacío, sin huesos.

Sintió la mano de Julián en su hombro.

—Toma. Paga lo que debes. Otro día te buscaré.

Maldonado aclaró el cerebro.

—¡Aguarda, hombre! ¡Aguarda te digo! Sobra mucho dinero —apretó los billetes—. Me has dado demasiado. ¡Aguarda! —intentó gritar pero su voz tranformada en murmullo tenía tonalidades bajísimas.

Quedó quieto.

—Debí pedirle un abrigo. Lo he pensado todo el tiempo. Sin embargo seguía hablando como un imbécil.

Alzó la copa. El camarero se había aproximado.

—Son cuatrocientas diez pesetas.[5]

Chano le miró con avidez.

—¿Qué dices? ¡Ah, sí! Te pagaré cien. El resto es mío.

—El señor dijo...

—El señor es mi amigo y me dará cuanto pida.

El mozo inició la retirada.

—Espera. Trae un bisteck.

El camarero se detuvo.

—¿Qué miras? No es hambre lo que tengo. Es un capricho. Tráeme un bisteck, pero escucha, que tenga sangre. Nada de esos filetes de suela de zapato que saben a mojama —calló, inquieto—. Se me olvida algo, estoy seguro que se me olvida algo.

¡Ya sé!, debí pedirle el abrigo, pero no pude —fijó sus ojos en el camarero plantado ante la mesa—. Envuelve otro bisteck, también con mucha sangre. Y sin sonreirte, ¿sabes? sin sonreírte porque te rebano el cuello.

Salió. Había caído la noche.

En la puerta de su vivienda aguardaba Esperanza. No había podido entrar porque Chano guardaba la llave.

La miró, con desprecio.

—¡Fíjate!, soy rico —agitó los billetes—. Tú te ibas, pero el rico, el importante, el que todavía te da de comer soy yo. Ve y busca quien te dé esto.

Arrojó el paquete a su cara.

—Yo puedo dártelo, yo soy capaz de dártelo, ahora que estás vieja y te podría escupir.

Se tiró sobre la cama, inmerso en un entorno vacilante.

La mujer dispuso la chaqueta del hombre bajo la cabeza y con gesto sumiso deslió el paquete.

5. "Son trescientas diez pesetas —anunció—" (1955, 17).

La abogada Mercedes Formica, en el Palacio de Justicia, Madrid (1950).

Mercedes Formica, escribiendo sus memorias.

II

Maldonado abrió los ojos. Por el postigo de la ventana entraba la luz. Inquieto, volvió a cerrar los párpados con el propósito de sustraerse de la realidad, sin conseguirlo. El estómago tiraba con la fuerza implacable del hambre.

—Tragaré saliva y todo pasará —murmuró, esperanzado—. Todavía puedo resistir. Cuando no pueda, me despertaré.

Cargó el peso del cuerpo sobre el vientre y hundió la cabeza en la chaqueta que le servía de almohada. Tragó saliva. La sintió deslizarse por la garganta y llegar, tibia y ligera, a su interior.

Cada mañana sucedía igual. Cada despertar le planteaba el problema de seguir viviendo.

Un tranvía hizo temblar la casa.

—Si cierro los ojos volveré a dormir. Sacaré del cerebro todas las ideas y me dormiré. Aún puedo apurar el sueño otro rato.

Se aferraba a su deseo, se asía desesperadamente, ávido de la inconsciencia que retrasaría el instante de lo que seguir viviendo significaba.

71

No pudo dominar la materia. Su estómago tiraba de la garganta y la boca se colmaba de una saliva sabrosa que avivaba el hambre. Por otra parte se había deslizado en su mente un penetrante perfume a café.

Impulsado por algo que iba contra su propio deseo se sentó, de golpe, en la cama. Quedó con los ojos abiertos, estupefacto, mirando a su alrededor, sin ver otra cosa que la oscuridad que le envolvía, rígido el espinazo, acuclillado sobre el trozo de lienzo que cubría el muelle.

Del techo pendía un cable de luz cuajado de moscas electrocutadas.

Había una cama que nadie había querido, una silla, una caja de zapatos repleta de papeles.[6]

Saltó del lecho. Abrió el postigo.

La ventana, sobre azoteas en declives, dominaba el mar y el pétreo edificio de la cárcel.

Su estómago continuaba torturándole. Chano se irritó reprochándose no haber sabido retrasar aquel momento.

—Está bien —decidió resignado—. Tendré que hacer algo.

Debía encontrar, como fuese, algo de comer, algo que meterse en la boca y masticarlo hasta que le doliesen las mandíbulas.

Sin proponérselo, Chano asistía, a diario, con inconfesable curiosidad, al discurrir de su existencia. Carecía de sentido del humor y lo azaroso de su vida no le arrancaba gestos risueños. Sin embargo le sorprendía su doble personalidad. Una parte suya se convertía en espectador mientras la otra se debatía en hallar soluciones al acuciante problema. A menudo, el Maldonado espectante gozaba

6. "Había una cama que nadie se había querido llevar, una silla y una caja de zapatos, abarrotada de papeles, entre los que se encontraban sus notas de estudiante." (1955, 20).

con las torturas del Maldonado activo. Incluso le reprochaba sus miedos, como si en verdad sus responsabilidades estuviesen divididas.

—No tienes que comer y antes de que anochezca deberás llevar un poco de comida a la boca, porque si no ya sabes lo que le pasa al cuerpo.

Te lo vengo diciendo. Si continúas jugando con el hambre acabarás por no levantarte de la cama.

Maldonado actor asentía, avergonzado. Reconocía que algo debía hacer, quizá llegarse a los astilleros y esperar la salida de Eduardo. Es posible que tuviera que aguardar muchas horas y que Eduardo no trabajase aquel día, pero si por fortuna lo encontraba, su problema estaba resuelto.

Durante meses, Chano sobrevivió de las cinco pesetas diarias, asignadas sin diálogo previo por el generoso desconocido.[7]

Le parecía la mejor solución, cuando Chano pasivo advertía.

—¿Sabes lo que te espera? Estarás muchas horas de pie, acechando a Eduardo y si no ha trabajado habrás perdido el tiempo. Mira esas nubes y recuerda lo que pasa en Canalejas.

Corre un viento húmedo capaz de cargarse el pulmón más sano. Yo, en tu lugar, me llegaría a los cuarteles y lograría una lata de rancho calentito que comería sentado en las murallas. Luego, tumbado al sol, pasaría un buen rato observando a los pescadores de caña.

La zona pasiva de Maldonado se asombraba de semejante solución y no se le ocurría reprochar al otro, la contradicción que acababa de apuntar sobre el tiempo lluvioso.

7. "Durante muchos meses, Maldonado había vivido de las cinco pesetas diarias que tácitamente le había asignado [Eduardo] Vicent." (1955, 21-22).

Era, por otra parte, la solución más simple.

Bastaba ser puntual y quitarse la corbata, ya que a los rancheros les pudría la sangre alimentar a un señorito.

Otro remedio sería quedarse en cama, aguardando la vuelta de Esperanza. Sin embargo esta solución, favorita del Chano espectante, sólo la admitía el activo cuando, materialmente, no podía tenerse sobre las piernas.

—¿Intentas decirme que te importa que tu mujer te alimente? Estás hundido. ¡Bien, hombre, bien!, ya sé, te hundieron los otros. ¡Conforme! ¡Es una cuestión de principio! Pero aun así, estás hundido hasta el cuello. Por tanto qué importa que Esperanza te proporcione la comida.

Maldonado combativo se erguía, con un retazo de orgullo.

—Nunca entenderás mi punto de vista. Lo otro, lo del engaño, parecía que importaba a muchos. Se reunieron en un Tribunal de Honor y me expulsaron de la carrera. Me expulsaron y rodé hasta aquí. También me echaron del Casino porque les humillaba mi presencia. ¡Está bien! Lo acepto. No tengo otro remedio y me aparto. Pero el hecho de que Esperanza me alimente es algo íntimo, que sólo nos concierne a los dos.

—¡Haz lo que te parezca! —terminaba por admitir el Maldonado espectante.

—¡Faltaría más! Da la casualidad que ahora puedo hacer lo que me venga en gana. Esta situación también tiene ventajas. Nadie me pedirá cuentas.

Su familia había dejado la ciudad, avergonzada, y no respondía a sus demandas de ayuda. Su familia formaba parte de la sociedad que le había rechazado y participaba, como miembro de la misma, del sentir de la colectividad.

—Me han pedido todas las cuentas que podían pedirme y yo las he rendido hasta la saciedad, pero desde ese instante carezco de responsabilidad hacia los otros. Si quiero, si me apetece puedo quedarme todo el día en esta postura, por ejemplo en esta postura absurda.

Alzó los pies y se complació en la contorsión.

—Puedo quedarme así, hasta que me canse, ya que he roto con todo y puedo hacer cuanto quiera.

Le complacía saberse libre y también que Esperanza estaba de nuevo a su lado por su exclusiva voluntad. Fue a buscarla, retando a sus perseguidores.

La caída de su mujer había sido más rápida que la suya. Alguien le informó que dormía en un vagón desguazado del tren de San Severiano.

—¿Vienes a matarme?

Y Chano supo que era la muerte lo que deseaba.

—Si no vienes a matarme déjame morir en paz.

Estaba muy enferma. Podía expirar aquella noche y a la mañana los ferroviarios descubrirían un bulto sin calor.

Chano se dijo.

—Puedo hacer la caridad con esta mujer, aunque sea la mía y me haya burlado.

Eso, al menos, no se lo habían quitado. Aquel don le pertenecía y nadie podía discutir su derecho de cargarla en sus brazos y llevarla a morir a otro sitio.

Desde aquella noche vivían juntos.

Maldonado acarició su mejilla. Suspiró.

—Bien. Todo eso pasó y yo sigo en lo de siempre, buscar de comer.

Sentía la lengua reseca, sin que tal sensación mitigase su apetito.

Se metió los pantalones, la camisa. Mientras lo hacía paseó la mirada por el cuarto hasta detenerla en un envoltorio que había sobre la única silla.

—Parece comida —masculló. Y al instante quedó en silencio, sin osar insistir.

Ajustó el pantalón. Debía tener cautela. Cuando el hambre acosaba siempre podía esperarse un error.

Su mujer había desaparecido y tardaría en volver. Ella, si dejaba pan, lo dejaba a las claras, no oculto en papeles.

Agarró la chaqueta y al sacudirla con gesto mecánico, algo cayó de su interior.

Retrocedió, asustado.

Ahora se daba cuenta que de la calle no llegaban ruidos.

¿Había sido capaz de realizar un acto semejante?

Tenía que confesar que más de una vez, innumerables veces, había deseado tener el valor necesario, pero nunca lo había logrado. Sin embargo, las monedas estaban allí, desparramadas. Con seguridad había bebido en exceso —el grueso del paladar no permitía la duda— y las copas le dieron la audacia.

Sentado en la cama, olvidó la chaqueta y permaneció en mangas de camisa, el cuello desabrochado.

El silencio continuaba cercándole.

Le hubiese consolado sentir la voz de algún vecino, el llanto de la criatura que a menudo le impedía descansar, la melopea de la vieja cantando por soleares.

—¡Vayamos con calma! —rumió—. Anoche he bebido a placer, de eso no cabe dudas. Alguien tuvo que venir conmigo, que invitarme.

Una sonrisa gozosa, casi inocente, estiró su boca.

—Ya sé, hombre, ya sé. ¡Acabáramos!

Y el recuerdo de Julián le produjo una intensa calma.

—No sueño, estoy despierto. A veces creo que alguien me salva de este pudridero, aunque después resulte mentira. Hoy es verdad —vaciló—. A mí me parece que es verdad.

Le inquietó la duda y se mantuvo alerta.

Llegaban, de las murallas, el ruido del mar, los golpes de un envase de latón rodando por las azoteas.

—Es cierto. Anoche tuve suerte y encontré a Julián. No estoy dormido. Julián me invitó y por si fuera poco me dio dinero.

La seguridad le comunicó tal dicha que volvió a tenderse en la cama. El techo quedó sobre su cabeza, el cable eléctrico cuajado de moscas achicharradas.

—Tal vez nada sea cierto y continúe soñando, pero se trata de un hermoso sueño.

Se incorporó. La cuesta de Plocia[8] esparcía el chirrido de los tranvías.

Ignoraba la hora. Hacía tiempo que no le preocupaba la hora. Observó los billetes caídos en el suelo con repentina indiferencia y el paquete, con su contenido intacto, no le tentó.

La certeza de poder adquirir muchos paquetes como aquel aplacaba su hambre y se sintió ahíto y satisfecho, como si ya hubiese almorzado.

—¡Buen muchacho Julián! Y ha dicho que volveríamos a vernos.

Se le vino a la memoria el rostro de su amigo. No dejaba de resultar sorprendente que le hubiese reconocido cuando pegado al escaparate, sólo distinguía sus espaldas. Pero tenía unos huesos largos, marcados a través de la chaqueta, unos huesos especiales.

Siempre había sido rumboso. Todos ignoraban dónde había nacido y hasta se decía que, a pesar de su pretendido origen levantino, era de Gibraltar. Hablaba de

8. La novela se desarrolla en el antiguo Cádiz, construido sobre la ciudad romana. Los recorridos de Ignacio Maldonado se concentran en la zona que aún sigue llamándose Zona del Sur, vecino al Puerto y a la playa de La Caleta.

marcharse al extranjero y por lo visto se había marchado.

¿Cuándo sucedió?

Instintivamente Maldonado supo que, el día de la marcha de Julián, estaba ligado a su destino. No podía precisar, de momento, porqué razón su marcha estuvo vinculada a su sino, pero le constaba que era cierto.

Respiró hondo. Sintió un dolor agudo que hacía tiempo no experimentaba.

Julián se iba a Filipinas y los amigos le despedían con una cena en el Casino. Lucía un clavel en la solapa y encontró tiempo para acercarse a la reunión de la Junta Directiva y depositar el voto que le expulsaría.

Apretó los puños. Apenas entendía por qué le arrebataba el recuerdo. Julián no fue el único que votó su expulsión, otros muchos lo hicieron. Sin embargo, ¿por qué Julián cuyo barco zarpaba aquella noche librándole de la violencia de verle, había tenido que perseguirle?

Amigos comunes se lo contaron después, justificando sus conductas.

—Ya ves Chano, hasta Julián votó en contra.

Su sangre hervía. Miró hacia la ventana y le sorprendió descubrir que había anochecido.

Los murmullos del exterior surgían turbadores. Se abrían y cerraban muchas puertas y sus golpes le distrajeron un instante. Cuando quiso reanudar el hilo de sus reflexiones había olvidado el tema, y al encontrarlo su ira carecía de fuerzas. Frunció la boca con desprecio. Le complacía saberse hundido, en aquella situación sin remedio.

—Julián sufrirá el castigo, como los otros.

Varios de los que habían laborado su perdición habían intentado más tarde, sacarle de su pozo. Chano se había negado y en esta actitud residía su venganza. Los sabía inquietos, desazonados, y le regocijaba dejarlos en su desazón.

Había descubierto que aquellos hombres capaces, en colectividad, de todas las maldades, se convertían, a solas con sus conciencias, en seres atormentados por la futura e inexorable cuenta a Dios.

Pensó en Julián y se recreó en la idea. La certeza de que su desgracia no le correspondía por entero le satisfizo, como en tantas ocasiones.

La noche entraba por el postigo. La mente de Chano se volvía lúcida en aquella hora.

—Debo aprovechar el instante —decidió—. Al principio te dan dinero con gusto, incluso te lo ofrecen y hasta se disculpan de hacerlo. Después van encontrando razones para negártelo. Finalmente cambian de aceras si te cruzas con ellos en la calle. ¡Hay que aprovechar a Julián, sin perder un momento!

Saltó de la cama. Vio el paquete y recordó su hambre.

El paquete contenía un trozo de carne fría, sabrosa. Mordió el pan y el bocado desató tal ansiedad que borró cualquier otro pensamiento. Mordió de nuevo, atragantándose, hasta consumirlo.

Lanzó una ojeada en busca de un poco de agua.

—Tendré que beber un vaso en "casa del montañes" —decidió.

Cantaba una mujer. A pesar de su pobreza aquellas mujeres se sentaban, de anochecido, a las puertas de sus casas y tenían arrestos para cantar.

III

Julián se encontraba en el lecho, junto al cuerpo desnudo de Aurelia.[9]

La piel de la mujer exhalaba un denso olor a especias, un aroma insoportable. Comprendía que todo era engaño de la mente y que si pudiera sustraerse a la idea, la piel de su mujer seguiría sintiendo, como de costumbre, a perfume ligero.

Ocultó la frente bajo el brazo. El proyecto sugerido por su encuentro con Chano, seguía tentándole.

—Es el único medio de librarme de Aurelia.

Y de nuevo le pareció que del cuerpo tendido a su lado llegaba un perfume repugnante.

¿Acaso había intuido lo que sucedía y empezaba a tratarle con yerbas de hechiceros?

Escuchó.

La inmovilidad de la mujer resultaba absoluta. Ni siquiera llegaba la respiración de las personas dormidas.

Volvió a escuchar, con anhelo, casi con malignidad,

9. "Julián se tendió en el lecho, junto al cuerpo de Aurelia, que no se movió." (1955, 31).

esperando que todo signo de vida hubiese desaparecido.

—Es absurdo creer que puede morirse porque deseo librarme de su presencia. Aurelia es joven y vivirá muchos años.

Aguzó el oído.

La casa permanecía en silencio. Sólo, al fondo del jardín, empezaba a nacer un murmullo de voces.

Terminada la cena Rosalía había confesado.

—Lo siento, Julián, pero la casa de al lado ha vuelto a lo suyo. ¡Ya sabes!

Y había bajado los ojos, temerosa de afrontar lo que su frase significaba. En seguida abandonó el comedor con pasito ligero.

Sin embargo, hasta Rosalía le parecía ahora mejor mujer que Aurelia.

El rumor crecía al otro lado de la calle, sumado a las conversaciones, a las risas apagadas.

—Ha sido una suerte mi encuentro con Maldonado. De no haberse producido hubieran pasado años sin dar con la solución.

Aurelia suspiró. Fue una contracción suave, el crujido de las arterias al recibir la sangre, algo delicado que le hubiera conmovido de estar en condiciones para ello.

Por el contrario, la manifestación de su existencia reavivó su encono, a cada instante más exacerbado por lo mismo que lo sabía injusto.

Le reprochaba todo lo que un día le había enamorado. Sus manos pequeñas, casi infantiles, los huesos menudos, los ojos estirados y sobre todo que no lo adivinase, limitada a permanecer callada, a escrutar con ansiedad, el rostro de su marido.

Hasta cuando no fijaba la mirada en Aurelia tenía presente sus características raciales.

El color de la piel, de un tono verdoso, que le pareció el compendio de las delicadezas se le representaba, ahora, como signo de una raza podrida.

—Todos están enfermos allá abajo. Su languidez y suavidad son reflejos de sangre corrompida. Es una raza enferma, de tuberculosos.

Por fortuna, Gregorio no había heredado nada de su madre y crecía con el vigor del atleta delgado.

La mujer se movió.

Sola, sin nadie a quien confiarse, sintiéndose extranjera, se consumía intentando comprender la actitud de Julián.

La tarde de la llegada a la casa, Setefilla —una de las criadas— había comentado:

—No sabía que la forastera fuese mestiza.

A partir de aquel día, se descubría un rostro nuevo pero no se le pasaba por el pensamiento que Julián se sorprendiese. Lo conocía de antiguo y de su encanto se había enamorado.

El hombre adivinó su congoja, sin hacer nada por aliviarla. Jamás le perdonaría haberle conquistado hasta el punto de olvidar que, tras su apariencia atractiva, se ocultaba una mujer de color.

Recordaba el primer encuentro con ella. Sus rasgos aborígenes, apenas insinuados, contrastaban con las toscas facciones de las damas maduras y lo que había en éstas de dureza desagradable —por lo primitivo y áspero— en Aurelia resultaba exquisito.

Su trabajo en el interior de la isla había durado muchos meses y aquella noche, en la elegante casa de Manila contemplaba, hechizado, a la hermosa joven que reunía la fascinación de dos razas.

Aurelia se abanicaba con un pay-pay. Apenas movía las manos manteniendo el cuerpo inmóvil. El gobernador le rogó que cantase y ella lo hizo con la voz aguda de los indígenas.

La boda tuvo lugar meses después. Por espacio de diez años conocieron la felicidad. En 1918,[10] terminada la contienda europea, Julián decidió el regreso a España. Hacía meses que sentía la desazón del continental preso en una isla, sentimiento que no podía compartir ya que los aborígenes lo ignoraban. Asimismo, la pasión que un día le inspiró Aurelia, se había extinguido.

Ya no tenía a su lado a la fascinante mestiza, sino a una mujer de infinita dulzura, carente de belleza.

En el transcurso de las semanas que duró la travesía Julián tomó conciencia de su situación. A medida que las escalas se sucedían, se renovaba el pasaje. Descendían los chinos, malayos, japoneses, coreanos, y subían a bordo funcionarios europeos acompañados de sus esposas.

Tras doce años, Julián vio mujeres blancas y empezó a comparar sus facciones equilibradas, con el rostro de Aurelia cuyos rasgos asiáticos, débiles en el archipiélago, parecían agudizados.

El barco transportaba una carga de especias —canela y cacao— y de las bodegas subía su aroma acre que invadía todos los rincones. Julián comenzó a unir el obsesionante perfume al rostro de su mujer.

Mediada la travesía, apareció Bárbara.

El cabeceo del vapor y la lluvia, arrinconaron al pasaje en sus camarotes, perdido el interés por la escala en el último puerto de Oriente.

Julián abandonó la cabina donde Aurelia se debatía contra el mareo y salió a cubierta. Soplaba un viento de-

10. Dato que no figura en la edición de 1955.

sapacible, saturado de humedad y los obreros descendían fardos y caballos consignados a firmas asiáticas.

Una mula preñada, se balanceaba en el aire, colgada de la grúa que la sujetaba. Sus relinchos, incontenibles, dejaban una nota de terror.

Los cargadores, con las ropillas empapadas, corrían de un lado para otro, desconcertados e ineficaces. Las cuerdas que sostenían el animal estaban a punto de quebrar y aunque la mula todavía aguantaba, resultaba inminente su caída.

Entonces apareció Bárbara. Un pesado envoltorio un traje ligero. Todo en ella denotaba pobreza. Los guantes descosidos, los zapatos ajados, las medias opacas, el diminuto sombrero adornado con una flor. Rubia, y en extremo delgada, esparcía inenarrable patetismo.

La algarabía del muelle alcanzó un tono más alto. Los cargadores alzaron las manos en gesto de ayuda y la mula, desgarrada la cuerda, fue a estrellarse contra el pavimento. Su sangre salpicó el vestido de Bárbara que no se movió. Aguardó que dejasen libre el camino y subió la escala, los labios húmedos de ansiedad.

La lluvia continuó toda la tarde.

Bárbara permanecía en cubierta, la mirada fija en los edificios. Cuando el barco zarpó tuvo una reacción inesperada. Se arrancó los zapatos y los lanzó al mar.

Nadie, excepto Julián, captó su gesto.

La masa urbana se diluía, lentamente, en el horizonte. Desaparecieron casas y templos, el verde de los árboles, la línea de la costa convetida en sombra.

Julián se acercó a la recién venida y le ofreció la manta de su silla de reposo.

—Abríguese. Sería, muy triste que una pulmonía acabase con una mujer como usted.

85

—¿Una mujer como yo? ¿Acaso le gusta burlarse?
—¿Porqué lo hizo? Tirar los zapatos.
—De este maldito pueblo no quiero ni el barro.
Hablaba con rencor, olvidada su adolescencia en gimnasium y campos de deportes.[11]

Su padre, obrero especializado, ganaba un sueldo decente. La madre, le enseño a bordar, el punto exacto del pastel de manzanas, de la compota de guindas.

Un día, recién cumplidos veinte años, se acercó al embarcadero. En la cubierta de un vapor mejicano conoció a José. Estaba lejos de adivinar lo pronto que se destrenzaria las trenzas para acariciar, con sus cabellos, la garganta del hombre.

Su primera aventura tuvo un remate desdichado. José la abandonó en Corinto, dejando como despedida un cheque sin fondos.

Sus amigas comentaban.
—"Es una chica guapa, pero sin suerte."
Julián repitió.
—¿En qué puedo ayudarle?
El barco cabeceaba con el viento, las gaviotas sobre el calor de la chimenea.
—¿Ayudarme?
Había olvidado el significado de la palabra.
—Nada de encerrarse en el cuarto. Baje enseguida y atienda a los clientes.

11. En la edición de 1955 se señala aquí el origen alemán de la mujer: "En Munich, en la casa donde había nacido, no se carecía de lo elemental" (38). Téngase en cuenta que el aspecto de fría crueldad del personaje corresponde a la idea que da Fórmica de la compañera alemana de su propio padre, el ingeniero Fórmica (*Visto y vivido*, 109).

—"¿Te crees una princesa desterrada? Nosotras, a las princesas desterradas, las tratamos a puntapiés".

—"Es cierto que podría darte esto y aquello. Y también hacer por ti cuanto quisiera. Incluso dejarte morir de hambre si se me antoja".

Sacudió el cabello.

Su moño guardaba una masa de oro, lo único de su persona que no estaba corrompido. Inesperadamente, una ráfaga de agua la empapó.

—La llevaré el camarote. En cubierta no puede quedarse.

—No tengo camarote. Viajo en la bodega.

Se complacía en su situación, en el desconcierto de Julián.

—No me compadezca. Prefiero la bodega, al palacio de aquel amarillo. Prefiero comer tierra, a soportar su hedor.

Le consolaba descargar, en otro, la amargura que sentía.

—Allí —señaló el horizonte—. He tenido hasta litera propia. ¡Pero el vaho repugnante sobre mi cara, resultaba insoportable! —se acercó a Julián—, tú no sientes como él —musitó—.

—Es una cuestión de piel. Cuando sucede, hasta la comida se convierte en hedor. Como si estuvieras rodeada de muertos.

Se oprimió contra el hombre.

—¡Si supieras! ¡Aquel miserable me arrojó a la calle, porque me atreví a decirle lo que pensaba.

Julián acarició sus manos. Era menos que una mendiga. Sin embargo le dolía que las viajeras de color, disfrutasen de mejor alojamiento que aquella muchacha blanca.

Más tarde, en la intimidad del camarote, observó a su mujer. El mareo había descompuesto sus facciones y la piel mostraba su desagradable tonalidad.

—¿Cómo he podido casarme con una amarilla?

La tempestad continuaba.

—¿Falta mucho para llegar? —inquiría Aurelia.

Había perdido la noción del tiempo y deseaba, desesperadamente, saberse sobre tierra firme.

Julián la calmaba al tiempo que se reprochaba.

—Debí dejarla en la isla, traer a Gregorio conmigo y que el tiempo hiciera lo demás.

El barco crujía. El pasaje, confinado en las cabinas, había desaparecido. El niño refugiado en el puente recibía la protección del piloto, mientras su padre conseguía para Bárbara el mejor camarote del navío.[12]

Ella quiso saber con quién viajaba.

—Con mi hijo y mi mujer.

—¿Es guapa tu mujer?

—Tú eres la más hermosa.

—Mi belleza sólo me ha traído sufrimientos. ¡Maldigo a los asquerosos blancos que nos desprecian para irse con hembras de color! ¡Recuerdo a uno que quiso acostarse conmigo. Le escupí cuando supe con quien estaba casado! —se detuvo—. Llevaba varios días sin comer, necesitaba dinero —su voz se quebró por vez primera, lágrimas ardientes surcaban su rostro—. ¡Lo necesitaba, tenía hambre y lo necesitaba! ¡Aún así le escupí!

—¡Calla!

12. "En los días que siguieron, obtuvo del capitán un arreglo de la situación de Bárbara, que tuvo litera propia y zapatos y vestidos nuevos." (1955, 41).

—¿Acaso podrías querer a una amarilla?

—¡Calla he dicho!

La galerna amainó. Pasajeros deshidratados discurrían por la cubierta, ávidos de aire puro, de aguas tranquilas.

La propia Aurelia recibió a su marido con una sonrisa.

—Estoy mejor.

Se había peinado con esmero y su perfume habitual llenaba el camarote.

—Mañana daré un paseo.

—¡Ni lo pienses!— gritó el hombre exasperado.

La expresión sorprendida de Aurelia le volvió a la realidad. Hizo un esfuerzo e intentó acariciarla. No pudo rematar la caricia limitándose a decir.

—El médico ha dicho que sea enérgico contigo. Has estado muy enferma y debes descansar.

Navegaban a la altura de Grecia. Un gramófono de corola verde, interpretaba la nueva melodía llamada charlestón.[13]

Aurelia permaneció en el camarote.

La idea de separarse de Bárbara atormentaba a Julián. Una noche la mujer le recibió expectante, con su sonrisa envenenada.

—¿Qué pasa? Me miras como a un bicho raro.

—Lo eres. Acabo de saber, que estás casado con una tagala.

El corazón de Julián se detuvo. Nunca le pareció Bárbara tan hermosa y deseable.

—¡Escúpeme!

—No lo haré. Me limito a despreciarte.

Decidió conservarla a su lado, costase lo que costase.

---

13. "El barco navegaba a la altura de Grecia. Un gramófono con su corola verde, interpretaba sin cesar valses y mazurcas." (1955, 44).

La instalaría en Gibraltar y en el Peñón esperaría a que volviese por ella.

—¿Aguardarás?

—Mientras dure el dinero.

A Julián le atraía aquella franqueza suya.

—Dinero no faltará.

Bárbara desembarcó y el paquebote puso proa a Punta Palomas.

La inminente llegada a Cádiz congregó al pasaje sobre cubierta.[14]

Gregorio fue al encuentro de su madre.

—¡Sube! ¡Todo el mundo está en el puente! —anunció alborozado.

—¿Te manda papá? —sus ojos reflejaban un destello de esperanza.

El niño negó.

—En ese caso me quedo. Alguien debe cuidar del equipaje.

Rosalía, hermana del íntimo de Julián, les recibió en el muelle. Había estado enamorada del viajero y apenas disimuló su disgusto al descubrir los rasgos orientales de Aurelia.

Propuso, al tiempo que la besaba.

—Viviréis con nosotros. Mi padre sueña con este arreglo. La casa, sin Rafael, es una casa vacía.

Cruzaron la ciudad en coche de caballos.

La calle donde se alzaba la residencia del almirante había trocado su nombre de Sacramento por el de Avenida

14. "Bárbara quedó en el puerto del Estrecho y el 'Susana' dobló la Punta de las Palomas, dejó a proa la ciudad de Tarifa y puso rumbo al Puerto de Cádiz." (1955, 45).

de Wilson.[15] Nada en el entorno justificaba la denominación. Ni el ancho de la calzada de cuatro metros escasos, ni los árboles raquíticos crecidos en tierra salada próxima al mar.

Escaseaban los edificios y abundaban las tapias. El muro de las cocheras de las "Pompas fúnebres", el que circundaba la caseta del "Salvamento de náufragos", el más largo y bien encalado de la huerta de "Las Hermanitas de los pobres".

Reinaba un sosiego triste.

El coche se detuvo ante un pabellón de tres plantas. En su jardín crecían suspiros, rosas salvajes. El agua de la alberca recibía los latigazos del faro. Gritaban las golondrinas.

—Como vés, todo está descuidado —reconoció Rosalía—. Mi padre sigue muy enfermo y Rafael no da cuenta de su persona.

—¿Qué ha sido de tu hermano?

—Desapareció después de la muerte de Clara. Según parece vive en Brasil.[16]

La luz del faro continuaba azotando los árboles, las ventanas, el agua dormida.

—Por lo demás todo continúa como siempre. A la derecha las Hermanitas de los pobres, enfrente el Hospital militar, a la izquierda —suspiró— ¡Ay!, a la izquierda, la vergüenza de esa casa.

---

15. "El reciente armisticio, había trocado su antiguo nombre de Sacramento por el de Avenida Wilson, sin que nada justificara tan importante denominación." (1955, 46). La calle, en la que nació Fórmica, conserva en la actualidad su antiguo nombre.
16. "Según parece vive en el Perú." (1955, 47).

IV

La "Casa de al lado", pequeña, de un solo piso, siempre bien encalada, mostraba una fisonomía particular, entre discreta y descarada. Cancelas y ventanas, veladas por cristales opacos mantenían el secreto de su interior.

A lo largo del día "La casa de al lado" parecía una casa deshabitada, con el signo de vida, de la limpiadora que aljofifaba las losas del zaguán.

Al atarceder, "la casa de al lado" se transformaba. No bien las sombras se apoderaban de la calle, sus persianas se arrollaban alrededor de las cuerdas, un bullicio insistente en las entrañas. Durante las noches cálidas, sillas y mecedoras cubrían las aceras y mujeres ataviadas de modo singular ocupaban los asientos. Criaturas de rostros blanquísimos, labios ensangrentados, ojeras reforzadas con trazos de carbón. Si se pasaba cerca, un perfume intenso, a heliotropo, llegaba de sus cuerpos.

Rosalía no se cansaba de repetir.

—Es un escándalo, una vergüenza. Por fortuna nos separa una calle. Me horroriza pensar que se pudiera ver algo.

Se volvía hacía Carmen, la hija de Rafael.

—¿Qué miras niña? ¡Vamos!, deja ya de mirar a esa casa.

La niña sentía miedo de su tía y no osaba contradecirla.

Con Amalia, la vieja niñera, todo era diferente.

—¿Por qué no puedo mirar?

—Porque no. Són mujeres de la vida.

—¿De qué vida?

Se llaman así, cuando se quiere decir que son mujeres malas.

—¿Están condenadas?

—Lo están. El que se acerca a ellas pierde el norte para lo bueno.

La noche de la llegada de los forasteros resultó en extremo agitada. Tras un largo silencio, "la casa de al lado" había vuelto a vivir. El rasgueo de la guitarra acompañaba los cantares.

> «Te deseo este castigo,
> que estés durmiendo con otra
> y estés soñando conmigo».

Setefilla se revolvió en el colchón. Alcanzó el embozo y se cubrió la cara.[17] Estaba muy cansada. Había limpiado el cuarto de los huéspedes y el dormitorio de Gregorio. La mestiza le dio una moneda de plata que guardó en el pecho y ahora sentía su calor sobre la carne.

En "la casa de al lado" el taconeo de una bailaora se hacía, cada vez, más violento. La muchacha lamentó

---

17. Las descripciones de las criadas y otras mujeres trabajadoras corresponden a las hechas sobre las criadas de la infancia de Fórmica. Cf. *Visto y vivido*, 121-125.

que la casa de al lado no hubiera permanecido cerrada.

Durante la forzada clausura, a raíz de un hecho de sangre, Setefilla había cruzado la calle para volver desencantada. Según confió a la niñera, en "la casa de al lado" no se notaba nada particular.

—¿Y tú, qué esperabas?

—¡Lo que una se imagina! Divanes y dormilonas. ¡Pero que si quieres! Paredes peladas y nada de sangre, ni nada de lo otro.

—¿Lo otro?

—Yo me entiendo.

No disimulaba su decepción.

—Había fregaderos y poyo de cocina, como en todos los fogones.

Semejantes detalles la sacaban de quicio.

—¿Se entera? ¡Fregaderos y poyo de cocina!

—¿Qué pensabas? ¿Qué eran camaleones y se alimentaban de aire?

—De aire no digo, pero de cosas buenas sí. De cigalas y langostinos. De riñones al jerez.

Su irritación aumentaba.

—¿Para esto tanto jaleo? ¡Una "mielda"! —Alzaba el codo y daba un golpe en el aire— ¡Más cal que en un cortijo! Lo único bueno, aquel olor a heliotropo.

Y a su recuerdo, permanecía añorante, hechizada.

Se volvió hacia la pared.

Mañana era día de plancha y por si fuera poco debía desatrancar el lavadero y a la tarde regar las macetas. Y Frasquito el muchacho "que hacía el muelle", sin dar señales de vida,

"En un cuartito los dos,
veneno que tú me dieras,
veneno tomaba yo."

95

La copla, entró en el dormitorio de Rosalía, semejante a un cuchillo.

El cabello en desorden, los puños crispados, la mujer intentaba escapar de la juerga.

—Voy a dar cuenta al alcalde. ¡Voy a dar cuenta al gobernador! ¡Y si nadie me hace caso, voy a quejarme al mismísimo rey de España!

Sobre su carne marchita, el camisón dejaba adivinar el temblor histérico de los pechos.

—¿Qué efecto le habré hecho a Julián? —se preguntó.

Se había enamorado del forastero en los días que frecuentaba la casa como amigo íntimo de Rafael. Rosalía era entonces una joven desprovista de belleza, pero agradable y dichosa.

Al marchar Julián, alimentó ilusiones imposibles. Una mañana su hermano anunció.

—Julián, se ha casado en Manila.

A Rosalía se le contrajeron las entrañas.

Clara, la mujer de Rafael, propuso.

—Hay que escribirle para desearle felicidad.

Rosalía la miró. Nunca la había querido y a partir de aquel día su desamor se convirtió en aborrecimiento.

—¿Es tonta? ¿O le divierte mi tortura?

Su estómago dejó de funcionar. Durante semanas, los ecos de sus vómitos resonaron en la casa.

El matrimonio de Rafael siguió su curso. Les nació una hija, Carmen, confiada, ahora, a sus cuidados. Clara murió, dejando sumido a Rafael en profundo desconsuelo.

La jarana de la casa vecina golpeaba sus nervios. Su vitalidad reprimida, producía sofocos indecibles.

Se estiró en la cama.

—¡Que callen esas mujeres! Están pecando toda la noche, sin consideración ajena.

La bilis apuñalaba sus dentros.

—¡Qué se callen de una vez! ¡O voy a volverme loca!

Setefilla abrió la ventana y se acodó en el repecho. El sueño había huido de sus ojos.

Nacida en Paterna era, al decir de la vieja niñera, "un potro sin domar". Cumplía su trabajo a conciencia y por las tardes, se encerraba en su cuarto a peinarse.

El dormitorio de Setefilla tenía una cama metálica, una silla de anea, un baúl lleno de tesoros, entre otros, un envase de latón, en cuya tapa campeaba la siguiente leyenda. "La Milagrosa. Fábrica de dulces y jaleas. Puente Genil".

Bajo la vistosa orla-guindas, peras, albaricoques— se amontonaban un peine "fino", de hueso, una caja de polvos de arroz, y lo que la muchacha llamaba "la pastilla", a la que concedía importancia singular.

—Fíjate qué prenda, niña —confiaba a Carmelita—. La he comprado en la feria del frío,[18] a "dita", a Pepe el gitano. Cuando la termine de pagar, será mía.

Acercaba el jabón a la criatura y un perfume empalagoso, llegaba hasta las sienes.

En seguida, iniciaba el rito del aseo.

Primero, vertía en la palangana, el contenido de un jarro de agua. Después se quitaba la blusa y quedaba en enaguas. Más tarde, enrollaba una toalla de felpa amarilla en la mano, frotaba el jabón y empezaba a lavarse.

—Donde esté la limpieza que se quite lo demás. En mi pueblo tengo fama de ser más limpia, que los chorros de oro.

—¿Tu pueblo cómo és?

—¡Una cosa linda! ¿Ves la calle Ancha? Pues no tiene punto de comparación con la calle Real. ¿Y ves el Casino de los Señores? Pues tampoco puede compararse con el Casino de los artesanos.

18. Feria del frío que se celebra en Cádiz en el mes de diciembre.

La ventana abierta, dejaba pasar el quejido de las golondrinas, el perfume de las adelfas, el chirriar de la noria al moverse en el jardín del asilo.

Setefilla extraía de su moño todas las horquillas y las depositaba, una a una, en el repecho. Los cabellos, libres de ataduras, se derramaban por sus espaldas.

—Tengo un pelo que, aunque me esté mal decirlo, es una preciosidad. Eso sí, necesita mucho cuidado. Yo lo cuido porque una buena mata gusta a los hombres. Frasquito lo dice siempre.

—Donde se ponga una buena mata que se quite lo demás.

Quedaba un instante pensativa, Uno de los mosquitos que llenaban el cuarto se posaba en su hombro. La mujer lo aniquilaba de una palmada.

—Estos bichos no me dejan vivir, porque tengo la sangre dulce.

—¿Tía Rosalía tiene la sangre dulce?

—¡Vete tú a saber, lo que a ésa le corre por las venas!

—Anoche dijo que los mosquitos no la dejaban en paz.

—Sería por equivocación.

Enseguida, reclamaba.

—Acércame el hilo blanco.

Carmen traía el carrete.

La muchacha sacaba una hebra, buscaba el peine de hueso —que lo mismo llamaba "peine fino" que "peine espeso" y componía un extraño enrejado entre las púas.

—Es para la "miseria". En mi pueblo, todas las mocitas se pasan el peine. Mi difunta madre decía: "La riqueza de una pobre está en su limpieza y en su honra."

Sacaba el peine y lo volvía a meter en la pelambrera. Quedaba en el enrejado un polvillo gris, cuajado de materia viva. En ocasiones, Setefilla apretaba la uña contra el residuo y un crujidito especial llenaba el silencio.

—Esta liendre ya no será piojo.

La claridad del cuarto se tornaba morada. Pasaban los coches que volvían de los entierros, a recogerse en las cocheras de las "Pompas Fúnebres".

Setefilla, ataba los cabellos con una cinta y disponía un moño con gracia particular. Luego, sacaba del baúl una botellita de vidrio, en forma de ánfora y vertía parte del contenido en sobacos y cabeza.

—Me vuelve loca la "pompeya". A mí, que me quiten de comer, pero que no me quiten la "pompeya".

Se extendía por el cuarto un aroma a colonia barata que la etiqueta del frasco anunciaba como "perfume de jazmín".

Terminado el arreglo, subían a la azotea. En "la casa de al lado" comenzaba el bullicio.

—Amalia dice que son mujeres malas. Ya ves tú qué dolor. ¡Malas, con esos vestidos y esos brillantes!

Estoy enamorada de un peinecillo de pedrería que le vi a una de esas. Pepe, el gitano, tiene otro igual, pero no me atrevo a comprarlo. Mi pobrecito padre dijo antes de salir de Paterna: "Si te desgracias, Setefilla, te parto el alma". Mi padre el, pobrecito, es muy hombre.

A mi prima Julia le quitaron "aquello". Mi tío la echó de casa. Mi prima se fue a Jerez, a criar y ahora tiene una panadería. Resultó que daba tan buena leche que no tuvo más remedio que hacerse "ama".

—¿Qué le quitaron?

—Tú no entiendes. ¡Cosas que pasan! Ya digo, no entiendes.

V

—Escucha. ¿Qué dirías si alguien te ayuda? Me refiero a una ayuda verdadera, no a pagarte la cuenta del café.

Maldonado tragó saliva. Desde el encuentro con Julián su vida había tomado un sesgo inesperado. No se trataba del auxilio, sugerido cautelosamente, en relación a colocaciones humildes. El ofrecimiento de Julián tenía matices nuevos ya que Julián no daba importancia al dinero.

—¿Has oído? Darte una mano y sacarte de todo esto.

Estaban en una taberna de la calle de La Rosa, en pleno barrio de Santa María.[19] Por las aceras discurría la muchedumbre compuesta de marineros y obreros de La Carraca.[20]

En el barrio funcionaban dos clases de establecimientos. Las tabernas, donde se comía y bebía, y la "tienda del montañés" que sólo despachaba vino.

19. El barrio de Santa María sigue siendo un lugar favorito para baile y cante en el Cádiz antiguo.

20. La Carraca es una dependencia de la Administración del Departamento Marítimo, en la isla de San Fernando.

101

Los dos hombres se habían refugiado en una de las últimas. Chano clavó los ojos en su vaso. Se resistía a beber. Quería gozar de sus zapatos relucientes, de los puños impecables de la camisa, del abrigo que todavía exhalaba el aroma de la franela.

—¿Lo dices en serio?

—¡Naturalmente!

Había pasado muchas noches madurando el proyecto y había llegado a la conclusión que, para conseguir lo que se proponía, debía lograr de Maldonado fidelidad ciega.

—No te canses. Yo no tengo remedio.

Hizo acopio de paciencia.

—¿Por qué no tienes remedio? ¿Quieres explicarlo? Todo es cuestión de suerte y de un poco de dinero. Pongo a tu disposición el que haga falta. Todavía eres joven.

Chano esbozó una sonrisa.

Había olvidado su edad, como había olvidado el tiempo. La monotomía de su vida, limitada a encontrar de comer, le había inmovilizado, sin otra referencia que el día de su caída, próximo y lejano a la vez.

—He perdido la cuenta de mis años.

Su amigo le golpeó un hombro.

—¡Joven! En la flor de la vida. Lo malo vendrá después, cuando seas viejo de verdad. De eso intento librarte. De una vejez sin familia, sin compañía.

El razonamiento de Julián, heló la débil sonrisa de Chano. Su poso burgués, preocupado por "el día de mañana", revivió.

—Cuando eso llegue me iré a un asilo.

Julián se sirvió otra copa. Le sorprendió el vaso intacto de Maldonado.

—¿No bebes?

—He comido demasiado.

Habían ingerido un almuerzo copioso y su estómago,

poco habituado a sentirse repleto, le pesaba como si contuviera piedras.

—No irás al asilo. Irías si no tuvieras otro remedio, pero aquí estoy yo para impedirlo. Son nuevos tiempos Maldonado. Lo tuyo, no debe pesar, eternamente, sobre ti.

Los ojos de Chano brillaron.

"Sufre por lo que me hizo. Este, tampoco se siente tranquilo". Sin embargo, su dicha resultó breve. El acento decidido de Julián lo confirmó.

—¡Entiende! Es preciso que lo comprendas, no estoy aquí para reparar. No tengo nada que reparar. Lo que sucedió fue culpa tuya. ¡Haberla matado! Pero una cosa es aquello y otra que piense —porque eres mi amigo y crea en tu talento— que debo tenderte una mano. Los hombres se necesitan y yo puedo necesitar de ti.

—¿Necesitar de mí?

Una voz interna alertó a Julián.

"¡Cuidado! ¿Por qué has dicho que puedes necesitarlo?"

Se sirvió más vino. Intentó enmendar su error.

—Necesito tu compañía. Los viejos amigos no están. —Pepe, Eugenio, Rafael— tú eres el único que queda y a nuestra edad, no resultan fáciles las nuevas amistades.

Maldonado apuró de un trago su vaso. El paladar se calentó y bebió, ansiosamente, tres copas seguidas.

—Vamos a trabajar juntos. Antes, abandonarás esta vida.

Chano retuvo el aliento. Sus pies, cobijados en los calcetines de buena lana, se contraían en la tibieza de un nido.

—Tu tiempo de prueba terminó.

La voz le caló los tuétanos. ¡Era demasiado! Mejor emborracharse y sumergirse en la inercia.

Julián insistía.

103

—¿Me oyes? Cuando estés en lo alto, te vengarás de los que te persiguieron.

Chano hizo un gesto expresivo. La venganza había dejado de interesarle.

—Si hombre, sí. Vengarte de todos, uno a uno, incluso de mí.

—¿De ti?

—¿Olvidas que yo también te he perseguido? —le miraba sonriente y Chano le agarró de un brazo, el azul de los ojos desvanecido por el miedo.

—De ti no, Julián. ¿Porqué dices esas cosas? De ti no quiero vengarme —le inquietaba el sesgo de la conversación—. Tú has sido bueno conmigo y aunque nada de lo que propones se realizara, aunque se tratase de una broma que me gastas para animarme, lo agradecería igual. ¡Es mucho lo que has hecho! Pagaste aquella cuenta y me has dado dinero y estos vestidos. —contrajo los pies, acarició la franela del traje —¡Vegarme de ti! ¿Por qué quieres que me vengue de ti?

Julián volvió a reprocharse.

—Debo tener paciencia, todavía el pensamiento de la venganza no está maduro —y propuso en alto, con envidiable seguridad—. Paseemos un poco.

Salieron.

Las mocitas del barrio, con sus trajes ceñidos, sus flores frescas, las risas atropelladas, se cruzaban con ellos.

—¡La vida es buena! ¡Y todavía quedan mujeres hermosas! ¡Dime! ¿has olvidado a las mujeres?

Chano guardó silencio. La miseria había matado su instinto. La mente le acosaba con inquietudes nuevas, por ejemplo su mujer. Sin embargo, nada de lo que Julián proponía tenía visos de realidad.

—Vendrás a mi casa. Te presentaré a los míos. Rosalía y el almirante se alegrarán de verte.

De aquella situación, lo que más turbaba a Maldonado era el empeño de su amigo de vincularlo a su vida. No había dicho como otros. "Te buscaré un empleo que te ayude a ir tirando". El propósito de Julián era más ambicioso. Alzarlo hasta ellos y para siempre.

Maldonado no quería emocionarse. Huía de la emoción como huía de la ira y el despecho. Sentimientos que había logrado dominar y sólo renacían si estaba demasiado borracho.

—Volverás con todos. Se acostumbrarán de nuevo a ti.

Chano le contemplaba, hechizado.

Julián se decía: "No le hago ningún daño. Se trata de un favor mutuo. Por muy cabrito que sea y el pobre lo es, hasta el delirio, tendrá sangre en las venas y le gustará salir de semejante pudridero. No se resigna uno al fracaso".

El propio Julián se resistía a quemar su vida cerca de una mujer que le repugnaba. Si no existiese Gregorio se hubiera marchado con Bárbara pero quería mucho a su hijo y no estaba dispuesto a perderlo. La idea le había impulsado a buscar a un hombre hasta el fondo de su pozo.

—Tienes que conocer a mi hijo.

Chano había comenzado a flotar. Se sabía un mendigo disfrazado con ropas ajenas y aquel hombre, llevaba su generosidad al extremo de confiarle sus sentimientos más íntimos.

—El muchacho es extraordinario. Serio, muy hombre. ¿Tú no has tenido hijos?

No, él no había tenido hijos. Al principio de su matrimonio Esperanza los había deseado y en la cómoda guardaba ropitas suaves.

—No. Nunca tuvimos hijos.

—¡Lástima! Te has perdido algo muy hermoso.

Hacía una tarde transparente. Las playas se distinguían a simple vista. A Chano le pareció que veía el paisaje por vez primera.

En numerosas ocasiones se había sentado en la "Punta de San Felipe" a mirar a los pescadores de caña. Sin embargo su mente, embotada por la desgana, obscurecía el horizonte.

Para soportar el fracaso debía ignorar la vida. No se podía pasar hambre, llevar las ropas destrozadas y sentir lo que sucedía a su alrededor.

Ahora, protegido por Julián, se daba cuenta que un barco zarpaba del puerto. Antes, ni siquiera había visto los barcos.

Volvió a encerrarse en sí.

—Julián se empeña, pero no hay esperanza. No es cierto que crea en mi talento. Yo fui siempre, un hombre mediocre.

VI

Palpó sus vestidos. Necesitaba saber que las prendas no estaban agujereadas.

En el fondo de la calle, los castaños de Indias del Parque Genovés, dejaban un resplandor dorado.

Ahora dormía bien y su estómago estaba siempre repleto. Sin embargo, la inesperada fortuna, había hecho nacer en su ánimo otra suerte de inquietud. El miedo a perder todo aquello.

Antes de su encuentro con Julián, sumido en su pozo, había vivido, si no tranquilo, con la certeza que nada podia remediar. La repentina ayuda hizo surgir el antiguo desasosiego. La presencia de la casa del almirante lo agudizó.

Retiró la mano que avanzaba hacia la campanilla y quedó inmóvil.

En los primeros tiempos, reciente su expulsión de lo que había sido su vida —trabajo, amistades—, intentó reaccionar. Todavía poseía cosas materiales, las apariencias o los símbolos de un modo de vivir. El piso, amueblado de acuerdo con Esperanza, los cuadros, la ropa. Intuía que había perdido mucho pero la medida exacta de su aniquilamiento no la conoció.

Con un sentido de la realidad, totalmente equivocado, fue a pedir ayuda a los mismos que habían decretado su muerte civil, sin entender que su ofensa a las costumbres, estaba fresca y existía la consigna de no hacer nada por él.

Las puertas de las casas se abrían para mostrarle el mismo espectáculo.

Aparecía una criada a la que Chano confiaba su esteril ruego.

—Diga al señor que ha venido a verle don Ignacio Maldonado.

La muchacha desaparecía y él quedaba de pie, abriendo y cerrando las manos. Si lograba que comprendiesen su caso, su caída podría detenerse.

En su despacho se amontonaban las facturas sin pagar, pero aquello no era lo definitivo. Bastaría que los perseguidores depusieran su actitud.

La criada volvía, una mentira en los labios.

—Lo siento. El señor ha salido.

Chano abandonaba la casa. En ocasiones era tanta la certeza de que su amigo se hallaba en el domicilio que gritaba, descompuesto.

—Dígale que tenga el valor de decirme que no quiere verme.

En el hogar se levantaba un murmullo. A veces, ni siquiera buscaban nuevas excusas. La muchacha regresaba, azorada.

—El señor no puede recibirle. Está ocupado.

O era, el propio señor, quien aparecía en el vestíbulo, desazonado por la violencia de la escena y la necesidad de afrontar solo, las consecuencias de un acto decidido en colectividad.

—Te he dicho, de la mejor manera, que no interesa lo que pienses.

La escena se repitió en diferentes hogares y una desgana infinita se apoderó de su ánimo.

Dejó de luchar.

Los recibos fueron al juzgado y comenzaron los embargos.

Aprendió a contemplar las casas ajenas igual que a fortalezas inaccesibles. Supo del acecho en las esquinas obscuras y llegó a dominar la técnica del pedigüeño que surge de su escondrijo en el momento indicado.

Los conocidos le veían aparecer, sin tiempo para la huida. Quedaban a su merced, aguantando la sarta de explicaciones que Chano les encajaba, hasta que se libraban de su acoso a cambio de unas monedas.

Maldonado conservaba su orgullo y aquel gesto le hería hasta el delirio.

—¿Qué intentas? —bramaba—. No quiero limosna, sino trabajo, trabajar en lo mío —remachaba el posesivo—. Estoy preparado para eso y no se hacer otra cosa.[21]

El amigo se zafaba con palabras imprudentes.

—Hablaré con los otros. Intentaré convencer a los compañeros.

Su familia había huido de la ciudad. La soledad y el desamparo alcanzaban su cénit.

Inesperadamente, su acoso cesó. Fue como si el silencio descendiera y una mano gigante derramase tierra sobre su recuerdo. Perdió, lo poco que le quedaba.

Meses después surgió un hombre diferente que se de-

---

21. "Trabajar en lo mío —remachaba el posesivo—. He estudiado toda mi juventud para eso y no sé hacer otra cosa." (1955, 72).

senvolvía en un clima distinto. La enfermedad que hizo peligrar su vida, explicaba el cambio.

Un vecino, al descubrirlo inconsciente, dispuso su envío al hospital. Pasó tres meses en agonía. Cuando revivió se había resignado y aparte de la necesidad de comer, sus otros sentimientos estaban apagados. No le quedó ni el recurso del rencor. Se sumió en una desgana dulce, sosegado, embrutecido.

Aquellas personas a cuyas puertas había llamado, en vano, intentaron ayudarle. La certeza de que Maldonado podía haber muerto, les hizo entender la magnitud de su acción. Chano respondió con el rechazo.

En el centro benéfico había encontrado hombres sumidos en pozos semejantes al suyo, que le enseñaron a poner las cosas en su lugar.

No importaba que los trajes estuviesen destrozados, si daban calor. Ellos le mostraron el camino de los cuarteles, la energía que contiene un vaso de aguardiente, las esquinas soleadas del "Campo del Sur", la brisa fresca de Puntales, el cobijo de los muros del cementerio y la plaza de toros donde siempre encontraba una caricia tibia incluso, en las jornadas más crudas del invierno.

La pequeña suma de su forzado retiro bastaba para el alquiler del cuarto.

Se desentendió de la ciudad, del tiempo, de las gentes. Dejó de ver el paisaje.

Ahora, ante la casa del almirante, inquirió.

—¿Y si estoy borracho? ¿No será todo una fantasía del vino?

La pisada de una muchacha que caminaba por la calle llegó, nítida.

—Esa muchacha existe y esta calle no forma parte de una borrachera.

Tiró de la campanilla. Su claro sonido se extendió por el jardín.

Abrió la verja una criada sonriente.

—¿Es usted el caballero que esperan mis señores?

Setefilla había hecho lo contrario que le habían ordenado.

"Tú espera, a que hable el señor."

Maldonado contemplaba el agua de la alberca, la mata de los suspiros.

—Sígame —suplicó amable.

Chano avanzó, pisando la tierra con cuidado.

—No es posible que todo esto suceda. Siempre fuistes un infeliz. Se te habrán saltado los sesos y ahora sufres alucinaciones.

Reconoció la casa, el vestíbulo de forma circular, las escaleras de mármol rosa con sus pasamanos de cristal de roca.

La voz de Julián, azuzó desde el rellano.

—¡Sube de prisa! ¡Todos te esperan!

La estancia aparecía iluminada por la claridad del ocaso. Dos señoras aguardaban en el sofá, delante de las cortinas rojas.

Su amigo hizo las presentaciones.

—Rosalía, aquí tienes a Chano. Aurelia, éste es Ignacio Maldonado, mi mejor amigo.

Chano saludó, con la vacilación del gesto olvidado.

—No quería venir. Es un descastado. Pretextaba que su visita podía molestar.

Rosalía entró en el juego.

Ignoraba los motivos de Julián para traer a la casa semejante deshecho, pero le divertía la novedad que, por otra parte, le granjeaba la gratitud de su huésped.

111

Maldonado iba, con la mirada, de una persona a otra, sin discernir de dónde partían las voces.

—Dame tu abrigo y el sombrero.

Instintivamente Chano quiso impedir el despojo. En los pocos días que llevaba usando las prendas se había encariñado con ellas.

—¡Cuánto tiempo sin verte! —señaló la dueña de la casa—. Desde que Rafael se fue —puntualizó—. ¡Y han pasado tantas cosas! El nacimiento de mi sobrina, la muerte de Clara. Apenas salgo, siempre cuidando de papá.

Chano callaba. Rosalía fingía ignorar su mutismo. Le hablaba como si no fuera lo que era en realidad, un muerto civil.

Maldonado buscaba un gesto amable, sin dar con las respuestas. Había sido arrastrado a la casa del almirante por la energía irresistible de Julián, que hizo cuestión de principio iniciar la nueva vida con aquella visita.

Tosió para convencerse que las explicaciones le estaban dirigidas y sus ojos erraron por el cuarto.

Su mirada descubrió un rostro delicado. Alguien propuso.

—Cuando queráis pasamos al comedor.

La luz del crepúsculo brillaba sobre un objeto de plata.

—¿Qué te gustaría tomar? ¿Una taza de té? ¿Una copa?

Julián resolvió la duda.

—Nada de té, Chano tomará jerez. ¿Qué te parece un oloroso? Como verás, Rosalía ha sacado en tu honor, sus mejores tesoros.

—Es lógico, tratándose de un viejo amigo.

El destello hería las pupilas de Maldonado, turbando su mente. Muy pronto aquella burla cesaría y se encontraría de nuevo en su cuarto miserable. Acarició la tela de la chaqueta, lo único que le parecía real.

Reconfortado, extendió la mano y tomó, con precauciones, la copa que le tendían.

Bebió.

El oloroso le infundio sosiego. Apartó los ojos de la luz.

—¡Un vino magnífico!

Por vez primera se alzaba su voz.

—¿No lo dije? Toma otra copa.

A cada nuevo vaso, encontraba mayor seguridad. Poco a poco fue descubriendo un comedor cargado de plata antigua, de muebles solemnes. Sobre la mesa, una merienda exquisita.

—Con esta comida se podría vivir un mes —calculó espoleado por su ansiedad de mendigo.

Reconoció los rasgos de Rosalía. No habían sufrido cambios notables y era la misma criatura, sin belleza, que permanecía sentada en los bailes.

—La última vez que te vi fue en el Casino, un domingo de piñata. Llevabas un vestido azul.

La mujer esbozó una sonrisa.

—Tienes buena memoria.

Y le agradó que, aquella ruina humana, hubiese conservado su aspecto radiante de un día.

Aurelia le acercó una bandeja.

—Pruebe unos dulces. Le gustarán.

Todos se desvivían en atenderle y más pronto de lo que pensaba renacieron las viejas costumbres.

—¡Gracias! Sois muy amables.

Recuperaba los buenos modales, las frases de la cortesía.

Volvieron al salón. Chano tomó asiento, la mente despejaba, la confusión desvanecida.

Globos de vidrio esparcían su resplandor difuso. Reconocía el ritmo, la armonía, la dulzura de las nimiedades.

113

Encendió un cigarro. Cuanto le rodeaba traía el recuerdo de su antigua casa, aderezada para conseguir un clima de seguridad.

Aparecieron dos criaturas, una niña y un adolescente. El muchacho llevaba el brazo izquierdo en cabestrillo.

—Chano, aquí tienes a mi hijo. Esta es Carmen, la hija de Rafael.

Los recién llegados le miraban con la distancia que infunde el respeto. Hacía mucho que Maldonado no experimentaba la sensación de producir dignidad.

—Carmen, este señor es don Ignacio Maldonado, el mejor, amigo de tu padre. También, mi mejor amigo —remachó dirigiéndose a Gregorio.

Chano se revolvió en la silla. Era de nuevo Chano Maldonado, un hombre con porvenir, una buena colocación, una casa confortable, al que todos querían.

Jamás había sido un mendigo acosado por el hambre y aquel hogar era el de sus amigos de siempre, y las criaturas, hijos de sus amigos de siempre.

Julián leía sus pensamientos. Aprovechó para decir.

—Cuenta al señor tu aventura.

El muchacho relató lo sucedido en la noche.

—Fui a los muelles, a disparar cohetes. Uno estalló antes de tiempo y me hirió en el brazo. Me curaron en la enfermería de la Armada —confesó con orgullo—. No es nada de particular.

—Y tú ¿qué tienes en la pierna?

Rosalía no la dejó responder.

—Carmen es como su padre, una rebelde. Subió a la torre, a ver los fuegos y pasó lo que tenía que pasar. La torre tiene las escaleras podridas. El médico ha dicho que no se ha partido la pierna de milagro.

Julián remató.

114

—Están castigados. Pero si tú das una solución, se aceptará.

Los niños se volvieron hacia Maldonado, un ruego en la mirada. Chano era el personaje del día y ellos expresaban, en su actitud, esa certeza.

Maldonado aspiró el cigarro. Le satisfacía el rumbo de los acontecimientos.

Lanzó una carcajada.

—Así, que debo decidir. ¡Bien! ¡Bien! Encuentro la idea magnífica.

Julián temió que aquella explosión, acabase de mala manera. Sin embargo Chano se había identificado con el papel y se comportaba como era en realidad, un hombre inclinado a la benevolencia.

Se sirvió más vino.

—¡Buen oloroso el que hacen en Jerez!

Impacientes, las criaturas aguardaban su decisión.

—Tranquilidad amiguitos, enseguida me ocupo de vosotros.

Sonrió, sin dejar de mirarles. Se dirigió a Julián y preguntó complacido.

—¿Qué dirías si decido perdonarlos?

—Se hará lo que dispongas.

—Se hará lo que te parezca —remachó Rosalía.

—Entonces, creo conveniente levantarles el castigo.

Los niños guardaron silencio. Gregorio fue el primero en reaccionar.

—¡Muchas gracias, señor!

Carmen se acercó al invitado y depositó en su mejilla, un cálido beso.

115

Mercedes Formica con el dramaturgo Antonio Buero Vallejo.

Mercedes Formica con el dramaturgo Antonio Gala, andaluz como ella.

VII

Camino de su cubil pasó ante el Asilo. La casa del almirante quedaba a sus espaldas.

—No te hagas ilusiones. Ahí dentro, está tu final.

La voz de su amigo se interpuso.

—¡Aguarda! Si no te importa, te acompañó.

Torcieron hacia la izquierda.

—¿Qué te ha parecido mi familia?

Sabía que no recibiría respuesta, pero lanzaba la pregunta con la intención de agitar el poso secreto de Chano, consciente de que sus palabras caerían transformadas en estas otras.

—¿Has entendido? Has comprendido ahora, todo lo que te quitamos?

Y no tuvo inconveniente en convertirse en su enemigo ya que era la venganza de Maldonado lo que perseguía.

Los ojos del otro brillaron. Un ligero temblor en su barbilla.

Hasta aquel día había vivido ignorante de la magnitud de su tragedia. Cuando le arrojaron de su ambiente y él se alejó sumido en la desgana, sabía que había perdido mucho. Sin embargo había tenido que llegar hasta la casa del Almirante para medir lo que tal pérdida significaba.

Es su temporada de lucha, afanado en conservar lo inmediato había podido vislumbrar una parte de lo quitado. El tiempo y el acoso detuvieron su vida en un punto concreto, en unos bienes concretos, pero la existencia de un hombre era algo más que una línea inmóvil.

La casa de Julián, su ambiente, su familia, le dieron la medida exacta de lo que hubiese sido su vida si no se la hubieran destrozado.

A lo largo del "Campo del Sur" se extendían las murallas. Soplaba el levante y la fuerza del viento azotaba las acera.

Portador de una esperanza, Julián anunció.

—Cuanto tuvistes, lo volverás a tener.

—Te prohíbo que te burles de mí.

—¿Por qué dices esas cosas?

Chano rumiaba.

Es cierto que me ha dado vestidos y pagado mis deudas. Gracias a su ayuda puedo comer y dormir en paz, pero mi vida no puede devolverla. Tendría que nacer de nuevo y eso ni Dios puede.

—¿Te hemos ofendido?

—Sabes muy bien lo que sucede. Yo tenía todo eso que acabo de ver. Comprendía que había perdido mucho, pero no pude saberlo hasta hoy.

Julián apretó su brazo.

—¡Perdona! Siempre me equivoco. Creo que puedo hacer algo y resulta que me equivoco. No quise herirte. He querido que todos estuviesen amables, que recuperases tu dignidad.

Chano se engalló.

—La dignidad es mía, siempre lo fue.

Amortiguó sus palabras, mientras sus pensamientos seguían.

Es curioso ese afán de Julián. Habla como si pudiera devolverme esto, o aquello, como si fuese dueño de lo mío. Yo era un hombre mediocre, de buena fe, creyente de la bondad ajena y de la mujer elegida —su corazón se contrajo con un movimiento doloroso—. Ella me traicionó. ¡Conforme! Pero si el hijo de ése le traiciona y se convierte en un perdido, irá hasta el fondo del infierno y le perdonará. Por eso no pude tolerar que se inmiscuyesen en mi vida, arrebatándome la libertad de perdonar, o no, las ofensas.

Se detuvo, incapaz de saber, si había formulado en alto su queja.

Alzó los ojos. Julián convino.

—Estoy de acuerdo. Si existiese el peligro de perder a mi hijo, lucharía hasta el final. Se lucha por lo que se quiere, sin reparar en medios. Has dicho una gran verdad.

No mentía. Proyectaba una vida con Bárbara, conservando a su lado a Gregorio.

—Fue mucho lo que te quitaron y ¿sabes lo que pienso? —exclamó como si la idea no fuese premeditada— que yo, en tu lugar, devolvería las injurias. No es que intente envenenarte el espíritu, no es eso, pero quisiera que comprendieras hasta qué punto puedes librarte de lo que te obsesiona.

Calló. Enseguida reanudó su perorata.

—Si resucita la criatura muerta que has amado y te la muestran un momento, entenderás lo mucho que valía y si debes dejarla marchar, tu desesperación no tendrá límites.

Habían llegado a la casa de Chano y más que nunca el patio rezumaba humedad.

Julián parecía leer en su mente. Estaba en lo cierto cuando aseguraba que no podría volver a su pozo, después de haber visto su vida, intacta, en alguna parte.

"No nací para mendigo." Y recordó su cuarto, en miserable desolación.

—Tú también has tenido culpa. Te dejaste caer. Comprendo que rechaces ayuda de otros, pero lo mío no es una reparación. Te propongo salir de esto, sin más complicaciones.

—¡Adiós!

En su espíritu latía un nuevo desasosiego, alejarse de Julián.

Temía que encarnase un espíritu maligno, gozador de su tortura.

Subió las escaleras. Encontró la casa dormida, las puertas cerradas. A través de los cristales de la montera, entraba un trozo de cielo, vacío de estrellas.

Soplaba con fuerza el levante, presagiando una violencia mayor.

En uno de los "partidos", una madre intentaba sosegar a su criatura.

Cruzó azoteas, atravesó lavaderos y llegó al cuarto que le servía de refugio.

Esperanza, despertó.

—¿Qué haces? —preguntó Chano.

La mujer asistía, medrosa, a la transformación de su marido.

—¿Cómo puedes dormir?

Se inclinó sobre Esperanza, la mente turbada. Al tenerla a su alcance, comenzó a golpearla con furia, como nunca lo hiciera.

El cuarto se llenó de un quejido resignado.[22]

22. Aquí, como más adelante en el capítulo XX, Fórmica vierte su visión de abogada de mujeres, con la violencia doméstica como un aspecto fundamental de sus clientes.

En el camino de regreso Julián se preguntó hasta dónde alcanzaría la ira de Chano. Había logrado galvanizarle, sacarle de su inercia, pero debía conseguir que semejante fuerza no se perdiese.

—Ha dejado de ser un pedazo de carne resignado. Tal cosa resulta evidente. Tiene sus sentimientos a flor de piel y al pobre le hubiese bastado para ser feliz, con lo que yo tengo.

La conclusión le llevó a concentrarse en su problema.

—Bien ¡Pero mi situación no interesa!, lo que interesa es mi proyecto y veo que no se trata de ningún absurdo. La reacción de Chano lo confirma. Empieza a estar a punto, su espíritu en sazón. Vuelve a ser un hombre, con sentimientos vivos.

La lucha por la existencia, que Julián comenzó joven, le había dado un conocimiento aproximado de sus semejantes. Sin embargo, su impaciencia por terminar era tanta que continuamente debía llamarse al orden, a fin de no traicionarse con frases imprudentes.

—Actuaré con cautela. Por lo pronto, ya sabe lo que ha perdido. Había comprobado que Chano tenía un primer impulso violentísimo, sin continuidad, apagado a causa de su pobreza física y nervios maltrechos.

Julián tendría que alimentar aquella energía, sostener su furia.

Recordó la hosca expresión de su amigo durante el reciente paseo y sintió lástima.

—Me apena su debilidad, me duele la tortura de ese hombre.

—En el tiempo que llevaba tratándole había prendido en su ánimo, con más fuerza de la que creyera, la comedia de la amistad.

—No le hago ningún daño, no le dejaré caer. Recompensaré su ayuda en lo que vale.

121

Las ideas de Julián correspondían a sus sentimientos y era capaz de conmoverse y sentir piedad por el amigo en desgracia.

—A fin de cuentas cuando lo encontré era un deshecho humano, abocado a la peor muerte. Estoy dispuesto a evitarle ese final. No es que piense asociarlo a mis negocios, pero voy a darle dinero para que se marche lejos y rehaga su vida. Yo también lo haré, junto a Bárbara y Gregorio.

La idea de que su proyecto pudiera perjudicar a su hijo cruzó, un instante, su mente.

—Si no destruyo el cariño que siente por su madre, quedará dividido y acabará siendo un desgraciado. Arrancaré de cuajo sus sentimientos. Yo he vivido sin ellos —recordó un rostro impreciso, del que sólo fue capaz de distinguir la mirada. Buscó una emoción más antigua y no la encontró—. Todo termina por desaparecer. Gregorio olvidará a su madre, y viviremos felices como dos amigos.

Semejante pensamiento le produjo intenso bienestar. Se vio en una ciudad nueva, liberado de Aurelia.

—Los hombres cometemos errores. Me até a una mujer que, ahora, me repugna y sería capaz de llegar hasta el crimen por librarme de su presencia —se detuvo—. ¿Acaso no era un crimen lo que intentaba? —Rechazó el pensamiento y se complació en el aspecto repulsivo de Aurelia.

A lo largo de muchas noches había meditado en la reacción de Chano al descubrir la verdad y todavía ignoraba si había pulsado el resorte preciso.

Maldonado podía rebelarse contra su suerte, sin estar dispuesto a la venganza. Con tacto y paciencia intentaría averiguarlo. Para conseguirlo debía vigilarse.

En casa se comportaría como un marido correcto, algo decepcionado, impresión corriente en una pareja que convive muchos años. Aquella tarde se había mostrado hasta cordial con Aurelia.

El recuerdo de la mujer le llevó a imaginar lo que todo aquello iba a significar para ella.

—Al principio es posible que lo sienta. Pero se trata de una criatura torpe que preferirá volver a su isla.

Sabía que cometía una injusticia juzgándola de aquel modo.

Barrió el escrúpulo y concluyó sin piedad.

—En todo caso, ningún animal muere porque le quiten a su cría.

VIII

—Te decía que, en tu lugar, aprovecharía la oportunidad de vengarme si ésta se presentara.

Miró a Chano. Inquirió con cautela.

—Resulta agradable el sitio, ¿no crees?

En la cervecería reinaba una atmósfera tibia, arropada por el humo de los cigarros y las conversaciones. Al otro lado de la vidriera, cruzaban los transeúntes, azotados por la lluvia. A Chano le alegró saber que estaba fuera del mal tiempo.

Eduardo, su antiguo protector, conversaba con unos amigos y le llenaba de gozo la idea de no acechar en la calle su salida soportando el cierzo.

Ahora se abrigaba con un gabán confortable, tenía la copa de coñac pagada y en su cartera dinero para muchos almuerzos. Tal seguridad hizo que atendiese de modo más amable a su interlocutor.

—Estás en lo cierto, Se está bien aquí. ¿Qué decías?

¿Fingía indiferencia? ¿O la sentía realmente?

—Comentaba que, en tu caso, aprovecharía cualquier oportunidad para desquitarme. Hablo, como es lógico, en el terreno de la pura hipótesis. Sin embargo, ¿qué harías si se presentase la ocasión de vengarte? Sigo hablando en teoría —puntualizó—. El ser humano, por mucha nobleza que tenga, no suele olvidar las injurias, sobre todo cuando esas injurias han contribuido a su perdición.

Julián adoptaba un tono ampuloso y distante, de calculada indiferencia.

—¿Vas a decirme que te basta con tener el estómago lleno y las carnes calientes? No es posible, que te baste eso.

Maldonado escuchaba a Julián y un destello interno le advirtió que aquella escena la había vivido otra vez.

—Algo quiere.

Al instante, se reprochó su mezquindad. No sería justo negar a Julián lo que pudiera pedirle.

Sintió una nueva desazón. En realidad su espíritu no descansaba y ahora se sabía acechado por su amigo, con un acecho amistoso, pero implacable.

Hubiera deseado conocer la razón de todo aquello y aunque en ocasiones parecía llegar al fondo del asunto su cerebro estaba demasiado fatigado para que la memoria le prestase ayuda.

Si pudiese aclarar su confusión, descubriría en qué momento había lanzado Julián, una sugerencia semejante.

El otro se inquietó.

—¿Habré ido demasiado lejos? Pudiera suceder que haya removido en exceso el espíritu de éste y ahora se vuelva contra mí.

Le tengo por hombre bueno, cobarde, sin voluntad, pero puede que si le ayudo a desprenderse de tal lastre, acabe por convertirlo en una fiera.

Encendió un cigarro. Ofreció otro a su amigo.

—Decía, que no es posible, que te baste con lo que tienes. ¿Me equivoco?

¡Cuidado! Intenta hacerme confesar algo que no quiero.

El ruido del café se había transformado en arrullo. El levante aumentaba la confusión, al estrellar la lluvia contra los cristales.

Admitió con desgana.

—Estás en lo cierto. No me basta.

Julián aspiró el humo.

—Si te dijera, francamente y sin rodeos, como dos amigos, mejor aún, como dos hermanos: "Te traigo tu rehabilitación". ¿Qué responderías? Fíjate que no hablo de bienestar material. Me refiero a recobrar, exactamente, lo que te quitaron.

Chano le miró. En su mirada latía el arrobo de los sueños inalcanzables.

—No entiendo a qué te refieres.

Y sus ojos erraron por el rostro de su amigo que mantenía su paciencia. Estaba dispuesto a tener, una paciencia infinita.

—Imagina que alguien necesita de ti. Te repito, una vez más, que hablo en teoría, pero supongamos que alguien necesita de ti y que el favor que solicita consiste en aquello que constituye tu venganza.

Maldonado retuvo el aliento. ¡Llegaba, al fin, lo temido!

Nunca se sintió seguro en su repentina suerte y siempre intuyó que todo aquello albergaba un secreto.

—¿Necesitar de mí?

Julián volvió a reprocharse.

He cometido un nuevo error. No debí emplear esa palabra.

—Sigo hablando en teoría. Nadie necesita de ti. Pero pudiera suceder que ese momento llegase. A fin de cuentas, todos los hombres necesitamos unos de otros.

127

Yo mismo, sin ir más lejos, podría necesitarte. Claro que no me inquieta. Si tal situación llega, contaré con tu ayuda, del mismo modo que tú has contado con la mía.

Remachó la frase para afianzar su seguridad y enseguida la dejó a un lado, dando a entender que el tuétano del asunto estaba en otra parte.

—¡Bien! Ahora no se trata de eso, sino de ti.

Chano aspiró el cigarro. Vio salir a Eduardo y cruzar la calle con su andar característico.

Casi se lanzó fuera del asiento. Angustiado de que su antiguo protector pudiera desaparecer sin prestarle ayuda.

El fresco pitillo le devolvió la calma.

Ya no fumaba colillas, ni necesitaba limosnas.

Se arrellanó en el diván, sosegado y en silencio.

—¿Te interesa lo que digo, o prefieres que cambiemos de tema?

—Me interesa mucho, perdona —y le divirtió el gesto expectante de Julián. ¿Qué perseguía? ¿A qué honduras de su ser estaba llamando?

—Mi teoría se basa en un cúmulo de circunstancias que intervienen, con frecuencia, en la vida de los hombres. Aunque me gustaría saber si tú crees en las circunstancias.

Chano, asintió.

No estaba dotado para la polémica y se sentía incapaz de seguir razonamientos complejos. Sólo el miedo provocaba en su ánimo reacciones defensivas.

—En ese caso, resultará fácil ponernos de acuerdo.

¡Cuidado! Acabo de utilizar otra palabra desafortunada.

—Quiero decir, ponernos en situación. Si admites el principio de las circunstancias, podemos especular con mi teoría. Supongamos que, debido a esas circunstancias, se te presenta la ocasión de vengarte en la persona de uno que te persiguió. ¿Lo harías?

Chano no respondió.

Empezaba a entender que era allí a donde Julián pretendía llegar. Quizá se encontraba en un apuro y necesitase ayuda.

—Puedes contar conmigo —musitó al cabo de un instante.

Julián lanzó una carcajada con la intención de dominar su ira.

—Por lo que veo, no acabo de explicarme. No se trata de mí —su carcajada había derivado hacia la sonrisa— Digo, vengarte tú.

—Recobrar lo que me quitaron me interesa. Vengarme, no —confesó con sencillez.

Al menos ya sé que la venganza no le tienta. Habrá que buscar otra motivación.

Apretó los puños.

Le sacaba de quicio el espíritu complicado de Chano en su aparente simplicidad.

—En ese caso, miremos el asunto desde otro punto de vista. Tu mujer vive contigo. Eso quiere decir que la quieres —alzó una mano para detener su protesta—. ¡Perdona! Quererla quizás no sea el término adecuado. Digamos que sigues experimentando un sentimiento por ella. El de la piedad.

Chano se sentía atrapado en un círculo. Nunca había podido discernir si Esperanza estaba a su lado por compasión, o para burlarse de los que le obligaron a dejarla. Cuando la buscó su cerebro era un caos, y el corazón un pozo de amargura.

—Digamos que lo hice por piedad.

—Su desprecio fue grande. ¿Has pensado lo que significaría demostrarle que puedes hacer lo mismo que aquel hombre hizo contigo? —guardó una pausa ligerísima—. Porque hubo otro hombre, de eso no cabe duda.

Chano, inclinó la cabeza.

Como siempre que allanaban su intimidad, sentía vivo el orgullo. Hoy no podía rebelarse. Julián tenían razón. Hubo otro hombre, al que Esperanza quiso.

—Recuerda que hablo desde un plano puramente especulativo. Sin embargo, pudiera presentarse la oportunidad de dignificarte ante ella.

La mirada de Maldonado, habitualmente mortecina, se volvió brillante. Ya no le interesaba saber si era una trampa lo que su amigo le tendía. El proyecto de Julián le tentaba.

He acertado.

Y decidió aprovechar la coyuntura.

—¡Imagina! Aparecer a los ojos de Esperanza como un hombre completo.

Chano quedó clavado en la idea.

He acertado —se repitió—. Ese camino me traerá la solución.

—Reflexiona y dime si te gustaría aparecer, ante Esperanza, como capaz de inspirar una pasión en otra mujer.

—¿Conquistarla?

—Exactamente.

Había rematado su propósito y fue entonces cuando Chano creyó que Julián bromeaba. Su amigo no había podido soportar el tedio arrastrado por la lluvia.

Sonrió con dulzura, entre aliviado y defraudado.

—Siempre te gustaron las bromas.

Regresó a casa por una ruta de calles desiertas. El aire, saturado de humedad amortiguaba los ruidos de la noche.

Una muchacha de cuerpo delgado, piernas ágiles y largos cabellos, avanzaba delante.

Recordó la sugerencia de Julián. ¡Conquistar una mujer! Conseguir que la criatura que tenía cerca, volviese la cabeza y con gesto risueño uniera su pisada a la suya. Sonrió.

Julián tenía ideas absurdas. Sin embargo, le hacían revivir como si bebiese un estimulante.

Cruzaron ante la fachada barroca del convento de los agustinos. De la calle que desembocaba en el puerto llegó una ráfaga de aire que levantó la falda de la mujer. Sus piernas temblaron y desapareció en la bruma de los muelles.

Chano la siguió.

Las farolas apuñalaban la niebla.

Oteó el paseo. Había perdido el rastro de la muchacha y su impulso primero le pareció grotesco. Quizás ella tenía una cita, o tal vez, había encontrado refugio en una de las tabernas cercanas. Y en definitiva —se consoló— nada de aquello lo hubiera sabido Esperanza.

Se le vino a la memoria su mujer, ajada, envejecida, la misma que joven y hermosa le había traicionado.

No es que Chano quisiese conquistar a la anciana que compartía su pobreza. Se trataba solamente de un testigo capaz de volverse hacia el pasado y referir a la criatura que amó, sus nuevos e increíbles triunfos.

En la sala Esperanza cosía unas ropas. Descubrió la sonrisa de su marido y la aguja que manejaba vaciló.

No temía al golpe directo, ni a la desesperación que explota en violencia. Temía a la transformación que se estuviese operando en el espíritu de aquel hombre bueno. Adivinaba que alguien le izaba fuera de la miseria y anhelaba conocer la razón de tan inesperada ayuda.

Desde que la salvó de morir, deseaba besar el suelo que Chano pisaba. Antes, cuando la perdonó, lo había despreciado.

Su marido permanecía en el centro del cuarto, altivo,

insolente, sin dejar de mirarla. La luz caía sobre la encanecida cabeza de la mujer y sus manos, hinchadas por las lejías, se movían con lentitud.

Quisiera saber lo que ésta pensará si sucede lo que Julián insinuó. Sin duda me considera un desgraciado, al que ninguna mujer puede querer. Siempre me vio como un pobre hombre, incapaz de inspirar amor. Lo creyó entonces, cuando era joven y tenía un porvenir brillante.

Observó, de reojo, el trozo de espejo que pendía del muro. Descubrió una cara envejecida, vivificada por júbilo profundo.

Sin duda Julián bromeaba. Pero mentira, o verdad, le halagaba la idea.

El cuarto continuaba en silencio.

Parece imposible que hayamos resistido tanto tiempo —su mente fue incapaz de medir los años—. Apenas cruzamos palabras y ella viene y se tiende en un rincón, y yo duermo a pierna suelta sobre la cama. Muchos días ni sé que existo, ni si Esperanza forma parte de la realidad. Y, sin embargo, tuvimos una casa y proyectos, y futuro.

No le parecía real que aquella vieja de piel áspera fuese la misma que un día destrozó su vida.

Se acercó a la ventana, ensimismado.

Esperanza remató el cosido. Guardó la aguja.

IX

S u trabajo en la naviera se iniciaba al amanecer, cuando todavía brillaban las luces eléctricas.

Tomó el cubo colmado de agua, el arrodillador, la vasija repleta de arena, el jabón verde y los estropajos y comenzó a frotar las losas del imponente vestíbulo.

Sus compañeras faenaban cerca. A ellas, el oficio de limpiadora, les hacía sentirse seres privilegiados, elegidos por la suerte. La más anciana —Encarnación de nombre— era vecina de Esperanza, circunstancia que le permitió conocer la miseria que reinaba en el cuarto frontero.

Una tarde propuso.

—El conserje de la consignataria donde trabajo me ha dicho, que hay un puesto de limpiadora. Si quiere cogerlo ganará unas pesetas.

Esperanza había comprendido lo que su gesto significaba y le guardaba infinito reconocimiento.

Esperanza no había sido nunca hermosa. De niña oyó repetir, que no siendo guapa ni rica le costaría encontrar marido.

Su boda con Maldonado le pareció el colmo de la buena suerte.

Hubiera deseado tener muchos hijos y su falta, produjo en ella enorme vacío.

Cierto día, compró unos pendientes de falsos diamantes, en forma de estrellas. Los pendientes hicieron surgir un encanto secreto que, sin duda, tenía y los hombres que jamás se volvían en la calle para mirarla, lo hicieron muchas veces. La piropearon a lo largo de Columela y un joven la siguió.

Esperanza sentía bullir su sangre. A hurtadillas se miraba en el cristal de los escaparates. La certeza de su atractivo avivó el color del rostro y estaba, de verdad, muy hermosa.

En casa, Chano leía. Ella se acercó a un balcón y disimulada tras los visillos descubrió la silueta del joven, apostado frente a la fachada.

Aquella noche la cena discurrió como en sueños. Nada de lo que, hasta entonces, le había rodeado logró arrancarle emoción parecida. Su marido hablaba de su trabajo, de la posibilidad de un ascenso, de las ventajas del retiro.

Ella le oía como si se dirigiese a otra persona, negándose a mirar hacia el futuro, tan joven y viva se sentía.

Terminada la cena, Chano le miró.

—No me gustan esos pendientes. No pareces una señora.

Esperanza los arrancó. Sin embargo los retuvo en el hueco de la mano, como si guardase un tesoro.

Empezó a salir por las tardes.

Caminaba sin rumbo, escoltada por su admirador, la cabeza erguida, el busto erecto. Si sus ojos tropezaban con los del hombre le sostenía la mirada.

Más pronto de lo que creyera se encontró viviendo una vida doble, que puso en juego una segunda naturaleza que nunca sospechó hubiese en ella.

En casa estaba siempre contenta. A menudo rompía a cantar. Chano inquiría.

—¿Qué pasa? Parece que te has vuelto loca.

En otras ocasiones, sus manos acariciaban un papel cuajado de frases apasionadas y aunque intuía el riesgo de conservarlo, lo hacía con el propósito de releerlas en sus momentos de soledad.

Al atardecer, subía al tranvía de San Severiano[23].

El hecho de vivir en una ciudad pequeña, le obligaba a evitar el coche de alquiler. Prefería el tranvía, donde pocas veces, encontraba rostros conocidos.

Pasada la plaza de toros descendía del vehículo para perderse en el barrio solitario. En ocasiones, los perros que guardaban los modestos jardines, la seguían con sus ladridos.

Chano supo la verdad. Ella, reaccionó con orgullo.

—Es cierto. Quiero a ese hombre.

Y aquel mismo día se fue con Manuel.

Durante meses conoció una gran felicidad.

La casa de San Severiano, alejada del centro, con su jardincillo lleno de flores, le aislaba de la vida que había sido suya.

A la caída del sol, su amante venía a buscarla en coche de caballos. Paseaban por la carretera, o se detenían en algún "ventorrillo".

Una "bailaora" le hizo derramar las primeras lágrimas. Ciega de celos permaneció muchas horas sin acostarse,

---

23. Barrio fuera de las murallas de la ciudad que en la segunda década de este siglo estaba constituido por casitas bajas con jardín, en parte ocupadas por las amantes de los maridos gaditanos.

acodada en la ventana que dominaba el puerto, prisionera del silencio del barrio.

Más tarde, buscó refugio en una pensión humilde. Su amante, no la buscó.

Entonces recordó a Chano y, a sangre fría, le convenció de su arrepentimiento, de que nunca había dejado de quererle.

Esperanza fregaba las losas mientras revivía aquella parte de su existencia. Las compañeras de faena hablaban entre sí, de un mundo distante.

—Le digo que con un poco de manteca colorada, el cocido es una bendición.

—La que ha tenido "suerte" ha sido Pepa, la de Chiclana. Carranza[24] le ha dado licencia para un puesto de altramuces. Y aunque debe vestirse de blanco, porque don Ramón es muy mirado con la limpieza, tiene negocio propio. Yo, lo tengo dicho. "Un negocio propio será, siempre, un negocio propio".

Rechinaban los estropajos. El agua diluía la mezcla de arena, jabón y suciedad. Las losas quedaban brillantes.

Las mujeres arrastraban los arrodilladores y avanzaban hacia las ventanas.

La noche se desvanecía. Un cielo azul, delicado, se plantaba ante los cristales.

El tiempo que pasó junto a Chano, discurrió como una pesadilla. En verdad no estaba en casa y si su cuerpo per-

---

24. Ramón Carranza, alcalde de Cádiz a la sazón, perteneciente a una famosa familia, fue muy admirado por las mejoras higiénicas que promovió en la ciudad.

manecía en ella, su espíritu y sus pensamientos acechaban a Manuel.

No le conmovía el sacrificio de su marido, las humillaciones que por su culpa le infringía la ciudad. Nunca le despreció como entonces, un hombre sin voluntad, consentidor de todas las flaquezas.

Desequilibrada y nerviosa, fingía un entusiasmo que no sentía y su corazón, envenenado por el despecho, le sugería proyectos ruines.

El piso de la plaza de San Antonio se había convertido en su cárcel.

Cuando Chano salía, se arrojaba en la cama y lloraba hasta quedarse sin lágrimas. El espejo, sin embargo, la reflejaba muy hermosa. El cabello suelto aureolaba una garganta donde no había un centímetro que Manuel no hubiera besado.

Su familia intentó traerla a la normalidad. Si Maldonado había sido generoso, ellos no lanzarían la primera piedra. Sólo suplicaban una vida digna.

Finalmente sucedió lo que había presentido. Manuel quiso volver a su lado.

Ella, no dudó. Abandonó el piso dejando como despedida unas letras sinceras, crueles.

Se instalaron en Sevilla, en el barrio de Triana, en dos habitaciones asomadas al Guadalquivir. Nadie les conocía y creyó haber roto, definitivamente, con su pasado.

La tarde aquella, esperaba a Manuel.

Subía, del río, un vaho agridulce. Barcas cargadas de arena, llegaban de Alcalá. Volteaban, en el aire, las campanas del "Giraldillo". Era un ocaso muy hermoso.

De una de las macetas que adornaban el balcón, quebró

una vara de nardo. Escogió la flor más lucida y la prendió en su moño.

Dos golpes apremiantes la sacaron de su ensueño.

Abrió la puerta, impulsada por el deseo de besar al amante y encontró un muchacho que traía un recado sin importancia.

Volvió a la azotea, desencantada.

Esta vez, la sirena de un petrolero ululaba por la parte de Coria, reclamando paso libre a los vigías.

Las grúas comenzaron a funcionar y el puente de Triana se abrió en dos mitades. El barco navegó hasta la Torre del Oro.

Bullían, en el Altozano, los pregones anunciando las "bocas de la Isla", "altramuces" y "gambas", al mismo tiempo que palpitaba la hilera luminosa de los tranvías.

Prendida en el espectáculo, dejó de medir el tiempo. El roce de unos remos lo recordó.

Entró en la sala.

Sobre el respaldo de una silla aparecía el traje de Manuel que ella misma había planchado. Dominó su impaciencia y sentada en la mecedora empezó a balancearse.

Vibraban los ruidos de la noche. El golpe de la loza, el chisporroteo del aceite, el siseo de las mujeres que buscaban sus gatos, el quejido de alguna criatura que no conciliaba el sueño sin llorar.

El balanceo hizo perder a Esperanza el sentido. Cuando despertó era noche cerrada.

Alzó la cabeza. El espejo le devolvió un rostro desencajado.

Intentó sosegarse.

—No pasa nada. Manuel se habrá entretenido con los amigos.

Salió de nuevo a la terraza. El puente de Triana se veía desierto, los árboles de la Barqueta arropaban una ciudad dormida. Guiada por un presentimiento marchó a la calle.

—¿Qué hago? ¿A dónde voy a estas horas?

La brisa del Aljarafe aliviaba del calor, a los grupos humildes, sentados en las aceras de la calle Castilla.

—Manuel habrá vuelto y le sorprenderá no verme.

El barrio se abría ante sus ojos, interminable. Descubrió su soledad y supo que lejos de Manuel era menos que nada.

El reloj de la Iglesia del Patrocinio dio una hora.

Parejas recostadas en las esquinas se miraban a los ojos, las mujeres adornadas con blancas biznagas.

Su cierta soledad volvió a oprimirle.

No tenía a nadie a quien confiarse, nadie a quien recurrir.

Siguió caminando hasta que sus pies se movieron entre los sembrados de "La Pañoleta".

Retrocedió.

Llamó a una casa pequeña, donde vivía un conocido de Manuel.

Abrió una vieja malhumorada.

—¿Manuel Vallejo? Oí decir que tenían una reunión en la Venta del Chato. Pero ésta es una casa decente y no se gasta la costumbre de que mujeres de su condición...

Las palabras quedaron a sus espaldas.

En otro momento hubiera dado por terminada la búsqueda. Aquella noche su instinto le advirtió que cuanto sucediera estaba por encima de su orgullo.

Se dirigió al lugar indicado.

—¿Suceder, qué?

Y trató de rechazar lo que la imaginación le mostraba.

Aceleró el paso.

La venta, en un descampado, dejaba salir el murmullo de sus entrañas.

Nunca supo si fue un grito, muchas voces de mujeres, o el llanto de una sola.

Abrió, de golpe, la puerta.

Envuelta en llamas, la joven intentaba librarse del fuego que consumía su vestido.

—¡Ha sido él! ¡Lo hizo a posta! Ha sido ese hombre. Me tiró una cerilla al pecho.

Otra hembra, de más edad, enérgica y muy pintada, le auxiliaba a grandes arremetidas.

—¿Qué dices? ¡Calla! ¡Fuistes tú, la que te prendistes con el cigarro —se volvió hacia los reunidos—. Fue ella. Lo vieron estos ojos. Estaba borracha y el aguardiente empapó la blusa. La ceniza del cigarro prendió la tela.

Esperanza buscó a Manuel. Algo le arrastró hasta la puerta del fondo. Al instante supo del vaho de la sangre, de aquella frase que todos repetían.

—Un "malage" enredó la pelea, salieron los "jierros" y su marido...

Esperanza se arrancó el nardo. Lo arrojó lejos. La voz de otra mujer aclaró.

—¡Si ésa, no se hubiera puesto una adelfa en el pelo! Se lo tenía dicho: "No te pongas nunca una flor de adelfa en el pelo". Pero se rió de mí.

De madrugada murió Manuel.

La osadía de Esperanza desapareció. Quizá no estaba hecha para aquella vida y sólo la pasión de un hombre le había dado fuerzas para resistirla.

Meses después, sintiéndose morir, buscó refugio en un vagón abandonado cerca de la casa de sus primeras entrevistas.

La fiebre abrasaba y sentía el dolor de extinguirse como

una bestia, sin la compañía de un ser humano que le ayudase a rezar.

Entonces, apareció Chano.

—¿Vienes a matarme?

—Donde se ponga una rueda de "tejeringo" que se quite lo demás. Mi Cayetano desayunó, esta mañana, una masa frita que no se la saltaba un galgo.

Mojó la aljofifa, acarició las losas.

Había sepultado el pasado y había quedado inmersa en el pozo de su marido. Ignoraba lo que sería de ellos, y repetía lo que tantas veces escuchaba a su alrededor.

—Sólo pido tener salud.

Se incorporó. Fue a la pila y cambió el agua del cubo.

X

El telegrama de Bárbara anunciaba, escuetamente, su gravedad[25]. Ello bastó para que Julián perdiese la calma. Entregó a Chano dinero rogándole se cuidase, mimándole como a la persona capaz de salvar la propia existencia.

Chano le dejaba hacer, con su medrosa sonrisa.

—Estaré fuera una semana. He de resolver negocios importantes.

Se despidió de Aurelia con renovado rencor, pensando que no tenía derecho a gozar de buena salud mientras Bárbara agonizaba.

El viaje resultó una tortura. Imaginaba a la muchacha muerta y acosado por la inquietud prometió que si salvaba la vida, aceleraría el desenlace.

El Peñón se dibujaba en el horizonte, lejano, inalcanzable. Sobre la bahía, se cruzaban los Faros de Ceuta y Algeciras en gigantescos latidos.

Uno de los viajeros anunció.

25. "El telegrama de Bárbara decía escuetamente que se encontraba enferma." (1955, 121).

143

—Con el retraso que llevamos la frontera estará cerrada. Tuvieron suerte y alcanzaron las verjas de la Aduana cuando todavía permanecían abiertas.

Los comercios de la calle Real, bulliciosos, iluminados, eran atendidos por sus propietarios, pálidos israelitas, obscuros pakistaníes.

Julián no vio las sedas desplegadas, los ojos de las muchachas indias. Ciego de angustia se precipitó en el cuarto que ocupaba Bárbara.

Una carcajada le recibió.

Al descubrirla llena de vida, perdonó el engaño, limitándose a recuperarla a besos.

Los meses de separación habían potenciado su atractivo y todo cuanto ella significaba —lo bueno, lo malo— llevaron al ánimo del hombre la certeza de que jamás podría dejarla.

—¿Porqué has mentido?

Ella no recurrió al halago, como hubiera sido lógico en una criatura de su condición. Se limitó a decir que no podía soportar la soledad.

La ventana del cuarto se abría al exterior. De día, subía un murmullo vigoroso. De noche, cerrada las fronteras, Gibraltar recobraba su quietud.

Bárbara emanaba un encanto nuevo.

—¿Empezabas a olvidarme?

—¿Olvidarte? Tengo un proyecto que nos permitirá vivir juntos toda la vida. A los tres.

Bárbara bebió un whisky bien colmado. Sus manos de uñas rosadas, sostenían el cristal.

Julián las besó.

—¿Quieres decir, Gregorio, tú y yo?

No agradecía que la emparejase con el hijo, a ella, que era una perdida. Hacía mucho que dignidad, consideración y estima, carecían de sentido.

144

Recordó a Janne. Janne, no se cansaba de repetir.

—"Hay que buscarse una situación".

—¿Por qué quieres al muchacho con nosotros?

—Se trata de mi hijo. La madre volverá a la isla.

El problema humano de Julián apenas le rozaba. Si el comerciante chino no la hubiese arrojado a la calle, sin otra fortuna que unas prendas de vestir, no estaría junto a Julián, oyendo sus confidencias. Le importaba poco lo que decidiese sobre su hijo y su mujer. Lo que de verdad le interesaba era encontrar "una situación".

Recordó de nuevo a Janne, a su terrible final.

—Mi proyecto no resulta fácil —continuaba el hombre—. He de tener cautela, dominar la impaciencia. Si lo consigo, me libraré para siempre de Aurelia.

Describió a Maldonado como a un amigo incondicional, y Bárbara que había escuchado al principio con indiferencia acabó por interesarle la complejidad del tema.

No sentía piedad por Aurelia. Aurelia formaba parte de esa clase de mujeres que no estaban obligadas a soportar toda suerte de indignidades.

—¿Y ese Chano, es hombre de fiar?

—Morirá de hambre si me traiciona.

Bárbara bebió de nuevo, a tragos delicados.

Miró a Julián y se dijo que su crueldad le atraía.

X

La confidencia palpitaba en el aire.

—Nunca sospeché que Julián hubiera pasado por un trance como el mío.

Y musitó, en voz alta.

—A pesar de todo, creo que debes despreciar.

El gesto de su amigo, contristado, comedido, mostraba que había sabido elegir el momento oportuno.

—No me mueve un sentimiento de venganza. Compréndeme Chano. Si se tratara sólo de Aurelia, de ella y de mí, tal vez perdonaría. Y si no perdonar —todos no tenemos tu grandeza— haría lo que acabas de aconsejarme. Pero está Gregorio y no quiero que un día se avergüence de tener una madre indigna.

Estupefacto, Chano asistía al derrumbamiento del hombre que había significado para él, la seguridad y la fuerza.

Una historia común les igualaba.

Volvió a mirarle. Confesó, dispuesto a mayores concesiones.

—Quizá no pueda entenderte. Quizás un hijo me hubiera hecho reaccionar de otra forma.

—Si tuvieras un hijo, lucharías por él. Cuando quieres a una persona, te sientes capaz de mantener tu cariño hasta el límite. ¿Me equivoco? —no aguardó la respuesta y continuó, apasionado—. Hay que tener mucha fibra para hacer honor a un sentimiento. ¿Acaso no sería más fácil para mí —ahora que hemos dejado la isla— olvidar lo que sucedió? Tener una de esas memorias frágiles que te hacen mirar los problemas con tranquilidad. Podría decir, como tantos otros: "Lo pasado, pasó". Si lo hiciera, me comportaría como un cobarde con Gregorio.

La sangre de Julián circulaba deprisa, espoleada por la emoción.

—Voy a confesarte algo. Estoy muy enfermo. Mejor dicho soy un hombre condenado, que sobrevive gracias a un esfuerzo de voluntad. A primera vista parece que nada me sucede cuando, en verdad, llevo la muerte dentro. Y debo vivir. ¿Sabes? Porque mi hijo me necesita.

El sudor mojaba su frente.

Estaban solos, en el pequeño reservado. Posesionado de su papel, Julián era incapaz de distinguir donde comenzaba la farsa y donde la verdad.

—Todas las noches me acuesto con la misma angustia. "Quizá sea la última". El médico fue terminante. "Tome sus disposiciones si tiene algo que disponer. Iría contra mi conciencia si no le advirtiese del riesgo que pesa sobre su vida."

A mi lado Aurelia duerme, impasible, serena —sus ojos relampaguearon—. El mestizaje es algo espantoso. Nadie sabe de lo que es capaz un mestizo. Son almas divididas y nosotros representamos para ellos la parte que les ennoblece, pero también la que les humilla. Intento dormir. Ella, respira a mi lado. Me pregunto. ¿"Qué pensará esta con su carita tranquila"?

¿Te has fijado en Aurelia? Nos detesta, pero sabe disimularlo. Siempre con su sonrisa humilde.

Desconfía de las sonrisas humildes, Chano. El hombre y la mujer deben tener contrastes. Ser capaces de reír y un instante después, sufrir una crisis de desesperación. ¡Esas aguas mansas, calladas! ¡Dios, cuánta maldad pueden encerrar! Te apuñalan sin cambiar de gesto, con el mismo que luego se entregan.

Se detuvo.

La repulsión que le producía Aurelia escapaba de todos sus poros.

—He vivido muchos años con un mestizo a mis espaldas. Lo supe tarde, pero pude comprobarlo, hasta la última circunstancia. Y ya ves, ella no cambió de expresión. La misma para mí que para el otro.

Pasó una mano por la frente, con gesto fatigado.

—Todo esto me impulsa a luchar por mi hijo. No quiero dejarlo en manos de esa mujer, en manos de ese hombre que me aborrece.

Y ahora, vuelvo a preguntar. ¿Después de lo que sabes, crees que puedo morir tranquilo? Te suplico que comprendas mi situación y me ayudes a salir de ella.

Acabas de aconsejarme. "¡Despréciala"! ¿Sabes lo que significaría para Gregorio? Pasar al lado de su madre seis meses al año. Al lado de su madre y de aquel mestizo. Porque ella volverá al mestizo. Aunque contrate a una legión de vigilantes será inútil. Las mujeres son hábiles para el engaño, verdaderas artistas.

Maldonado volvió a contemplarle, esta vez compadecido. Julia sufría el mismo calvario que él había padecido.

—En cierta ocasión me contastes que te habían repetido hasta la saciedad:

"Si mi mujer me engañase le pegaría un tiro".

Yo, también lo dije. Aquella noche, en la Junta del Círculo, ¿recuerdas? voté tu expulsión.

Su fingida congoja le arrastraba, el rostro alterado por un dolor inexistente.

—Estabas en lo cierto cuando me hablastes de ello. ¡Si supieras qué hondo, llegaron tus palabras! No es fácil matar. Por eso, aunque me creas un miserable, aunque hayas pensado mal de mí —contuvo su protesta—. Estás en tu derecho de pensar mal, no te lo reprocho. Y aunque lo hayas hecho, quiero que sepas que actúo con más nobleza con Aurelia que si recurro al sistema tradicional, aceptado por todos, de pegarle un tiro.

No quiero matar a mi mujer. No soy un asesino. La vida la da Dios y sólo El, puede quitarla. La dejo vivir, pero aparto a mi hijo de su lado.

—Escondió la cabeza entre las manos.

—No puedo matar. Lo piensas, lo meditas, y no puedes hacerlo. Puedes, sí, quitar la vida en un arrebato, con la razón nublada. Sin embargo, a sangre fría, se necesita el alma de un asesino.

Las venas de su garganta aparecían hinchadas, el cuello enrojecido.

—No podemos ser criminales, tal vez, hay que admitirlo, porque los dos somos cobardes.

Y luego vienen esos días sin esperanzas, en que sabes que como no has podido matar, has entrado a formar parte de los despreciados —se interrumpió—. Pero a ti, ¿qué voy a contarte?

Su amigo asintió.

—¡Mi vida allá abajo, Chano! Las burlas disimuladas de todo un pueblo de mestizos y tú, obligado a callar. ¡Qué cruel el drama del engaño, ese trance por el que pasa un hombre sin culpa que provoca en los demás, el menosprecio! Y te conviertes en un asesino del que todos sienten miedo y respeto, o eres algo muy bajo, que cualquiera puede pisar. ¿Digo bien?

La pausa que siguió, contenía intensidad dramática.

—No creas que mi proyecto ha sido pensado a la ligera. Lo he meditado mucho y te juro que, si existiera otra solución, no recurriría a ésta de quitar mi hijo a su madre.

Al menos, en aquel instante, Julián era sincero.

—Comencé a rumiarlo cuando me paraste en la calle. Luego, a medida que te trataba, comprendía que no me había equivocado de hombre.

"Has encontrado al amigo capaz de salvarte" —observó de soslayo a Chano que seguía con la cabeza inclinada.

—Si tú estabas sumido en un pozo, el mío era más hondo y miserable. Tú no tenías por quién luchar. Yo debía librar a Gregorio de un futuro cargado de vergüenzas.

Tú pudistes perdonar —no te lo reprocho, nuestra común desgracia me hace comprensivo— tú perdonastes y distes por liquidado el asunto. Yo, no puedo perdonar. Puedo morir en cualquier momento, en este instante —se detuvo, la respiración cortada—. Mi corazón deja de latir y entrego a Gregorio a ese miserable. Mi caso no se limita al amor, o, al desvío de Aurelia, a perdonarla, o a olvidarla. Mi caso se ciñe al porvenir de mi hijo.

Entonces, cuando mi tortura se ha vuelto más intensa, te encuentro. La Providencia te pone en mi camino.

Evitaba aludir a la ayuda prestada, pero su silencio, por una paradoja comprensible, se transformaba en alaridos.

"Debo a Julián cuanto soy —gritaba el silencio—. Se lo debo todo, hasta la última hilacha que me cubre, hasta la miga de pan que he digerido".

El otro le miró.

—Llega un momento —lo sabes bien— que necesito tu presencia como el aire. Cada día, aumenta mi convicción de que voy a morir, que mis horas están contadas y me

151

arrastro, materialmente, en tu busca. Intento que te encariñes con mi hijo, que compartas mi deseo de salvarle. Te llevo a casa.

Perdona si en aquella ocasión te mentí, creo que dije que lo hacía en beneficio tuyo. Algo había de verdad pero no era esa la razón primera.

Ya ves, que no pretendo engañarte.

Te llevé, para que conocieras a Gregorio y le quisieras. En otras palabras, por puro egoísmo.

La sutileza de Julián embrollaba la mente sencilla de Maldonado. Julián había medido sus palabras dejando en ellas parte de la verdad.

Cogido en la trama, Chano musitó.

—Quiero mucho a tu hijo. Sin embargo, no puedo hacer lo que pides.

Julián aspiró aire.

—¿Por qué? ¿Puedes explicarlo? Sólo intento reproducir lo que sucedió en la isla.

Aurelia me engañaba. Quise sorprenderla, pero el mestizo escapó. Me consta que el engaño se había consumado.

Ahora, cuando te propongo que me ayudes a castigar la acción de mi mujer, lo hago porque, para mí, la ofensa sigue viva. No he perdonado. Trueco la isla por Cádiz y te suplico que representes el papel del mestizo.

Así, a primera vista, mi propósito puede resultar confuso, por eso no tomo a falta de amistad tu negativa.

Reflexiona. Nada pierdes. Esperanza te verá como el conquistador de otra mujer —vigiló el rostro de Chano. Descubrió un relámpago de luz—. Ante la opinión pública quedarás rehabilitado:

"Hizo a Julián, lo que a él le hicieron".

Volvió a mirarlo. El destello se había hecho más intenso.

Sin embargo Chano, no se dio por vencido.

—No soy el mestizo —gimió—. Nunca he tenido que ver con tu mujer.

Julián contrajo los puños, irritado de la manera simplista de Maldonado al enfocar el problema.

"No soy el mestizo". "Nunca he tenido que ver con tu mujer".

Logró dominarse y continuó su razonamiento.

—Castigo un delito Chano, y lo hago en la persona del culpable —Aurelia— no en un inocente.

¿Puedes decirme que Aurelia sea inocente? Presta atención y procuras aclarar tus ideas. Terminarás por entender que estoy en lo justo.

Si mañana apuñalan a tu madre y la ves morir, y el autor escapa al castigo por falta de pruebas, ¿dudarías en considerarlo un asesino, responsable de aquella muerte? Y siendo así, vacilarías en castigarle si se te presenta la oportunidad de acusarle de un crimen semejante, aunque no fuese su autor?

—Calló, sofocado. ¿Comprendes lo que intento hacerte entender?

En mi caso, hay un hombre y una mujer culpables de un engaño, por el que deben ser castigados. Necesito castigar a esa mujer quitándole a mi hijo y he de hacerlo en seguida, porque estoy condenado a muerte. Yo, el único que puede acusarla.

¿Acaso puedo volver a la isla y esperar que Aurelia olvide sus precauciones y repita el engaño? Mi salud no me lo consiente. Y por otro lado, no quiero cometer la cobardía de que un escrúpulo remoto condene a mi hijo a la convivencia con el hombre que traicionó a su padre.

Reflexiona. Existe el delito y los culpables. Sin embargo, carezco de pruebas. Entonces, te encuentro, mejor dicho tú me llamas en la calle. Charlamos y descubro que tengo la solución. Me ayudarás a repetir lo que sucedió en la isla y tú representarás el papel del mestizo.

—Te suplico, te ruego que tengas en cuenta mis deseos. Eres más que un amigo. ¡Ayúdame a salvar a Gregorio! Lo conoces, has dicho que sientes afecto por el muchacho. Eso, al menos, me has asegurado.

—He dicho que le he tomado cariño y lo sostengo.

—En ese caso, acabarás por compartir mi punto de vista. ¿Qué importan los detalles cronológicos, o de lugar? Lo que interesa es la acción, y la acción existe. Ella condena a mi mujer.

Los jueces se guiarán por las apariencias. Para nosotros, para mi conciencia y la tuya, y la propia conciencia de Aurelia, será su acción de la isla, lo que se juzgue.

XII

L a trampa se había cerrado. El simple hecho de respirar le causaba un pavor infinito. Su sangre se precipitaba en las venas, a ritmo acelerado, el torbellino de ideas acosándole sin reposo.

—El infierno debe ser lo que siento. Aseguran: "Te consumirás eternamente" y la imaginación queda en acecho, intentando alcanzar el significado. Repites, una y otra vez, "eternamente", "consumirte en el fuego mil veces, mil billones de veces". Y aunque pases la vida diciéndolo, no habrás empezado a contar.

La transpiración perlaba su carne.

—Una y mil veces. Una y mil billones de veces.

La luna llena, potenciaba la turbación de Chano. Sin embargo no cerraba la ventana a causa del aire enrarecido, que caía sobre su cuerpo con peso indescriptible.

Apretó los párpados.

—Julián me ha pedido que haga una canallada y está claro, absolutamente claro, que debo negarme.

Volvióse hacia la pared. Parte de su cuerpo se derrumbó sobre los riñones.

—Quizá no sea, exactamente una canallada, sino el único medio de librarse de Aurelia.

Batieron sus tímpanos las voces plañideras de Julián.

"Tú conoces la humillación que sufro, el gesto despectivo de los que se cruzan en la calle, sin comprender que, cualquiera de ellos, puede hallarse un día en situación semejante."

Cambió de postura. Quedó sobre las espaldas. Su pensamiento derivó hacia un tema secundario que le llevó a mascullar, fuertemente excitado.

—Julián está en lo cierto, todos estamos expuestos a lo mismo. Julián, yo, el presidente del Casino —una curiosidad pueril, sin justificación aparente, le hizo quedar en suspenso— ¿El presidente del Casino? ¿Y si el Presidente del Casino está soltero? ¡Caray! no he contado con esa posibilidad. ¡Bien! Pero los solteros terminan por casarse y ese día, inmediatamente después de salir de la iglesia, ya están expuestos como los otros. Ni siquiera Julián se ha librado. ¡Pobre Julián!

Y le pareció increíble que su exclamación estuviese dirigida al amigo.

Sintió el volumen del vientre y experimentó intenso malestar. Quedó boca abajo, el resuello cortado.

—¡Pobre Julián! ¿Quién hubiera dicho que había pasado por un trance semejante. Y ahora, ¿qué puedo hacer?

El proyecto volvía a tomar cuerpo.

"Tú, la dejas entrar. Hay que conseguir que entre en el cuarto. El resto es cosa mía."

Sus músculos se contrajeron.

Entrar en el cuarto y ¡zás! cazada como un insecto. ¿Gritaría?

Hizo el gesto de taparse los oídos. Estaba seguro de no poder soportar sus gritos.

La luz del exterior tenía una presencia mágica.

156

Intentó recordar el rostro de Aurelia y sólo distinguió una expresión dulce, difusa. Ella se había ocupado de los muebles que llenaban el cuarto, del sofá donde ahora dormía Esperanza.

Cierto que todo era obra de Julián. Sin embargo, le resultaba imposible actuar fríamente contra aquella mujer.

La respuesta llegó al instante, violenta.

—No lo haré. Veré a Julián y se lo diré, lealmente.

—"Lo siento. Te equivocastes de hombre".

¿Cuál sería su reacción?

El silencio se volvió más profundo.

Intentó calcular lo que había recibido de su amigo y se detuvo antes de rematar la suma. No podía precisarla. Importante, desde luego, algo así como una montaña. Trató de darse valor.

—Soy libre y nadie puede obligarme a realizar lo que no quiero. Ni siquiera Julián —se detuvo, vigorizado—. Lo fui siempre. Perdoné a Esperanza contra todos —retrocedió unos años, encadenó su conducta a la situación presente y supo que su rebeldía de aquellos días, le impedía hoy, comportarse con libertad.

—¡Basta! —gimió—. Quizá sea cierto, quizá mi libertad de entonces me tenga ahora esclavizado. Sin aquel perdón, sería un caballero.

La palabra le fascinó. ¡Un caballero! Todavía podía serlo. Bastaba que no se ligase a Julián, con ninguna promesa.

Hundió la cabeza en la almohada. Su cerebro recibió su entera entidad física. El tronco, los muslos, las piernas, el vientre. Chano Maldonado. Solo, sin ataduras ni grilletes.

—Todavía no he dicho sí. Me consta que Julián espera esa palabra, pero nunca la pronunciaré —expelió el aire que contenía sus pulmones—. Soy libre, y lo primero para seguir siéndolo es devolver lo recibido. Iré y le devolveré todo. La ropa, los muebles, el dinero —se detuvo—. El dinero no podré devolverlo. De momento. ¡Cuidado! He dicho de momento. Más adelante devolveré, también, el dinero.

—Hagamos una cuenta somera. ¿Cuánto he podido recibir? ¿Mil quinientas? ¿Dos mil? Pongamos cinco[26]. Con valentía, sin asustarse.

Saltó del lecho rumiando la cifra. Buscó en sus bolsillos.

—Todavía queda algo —contó—. ¿Doscientas? ¿Trescientas?

Exactamente había trescientas pesetas y algo más, unas monedas. Ochenta y cinco céntimos. Los dejaría. Ochenta y cinco céntimos no significaban, después de todo, una cantidad —se interrumpió, la boca semiabierta—. Más tarde, cuando sólo tuviera ochenta y cinco céntimos...

Rechazó el miedo que había comenzado a nacer.

—Ochenta y cinco céntimos podían tener un valor infinito. Aplacar el hambre, dar calor con un vaso de vino.

Esperanza despertó. Descubrió a Chano inclinado sobre las monedas y se preguntó si habría bebido.

El hombre regresó al lecho, los billetes en la mano, el miedo provocado por las monedas, aferrado a sus raíces.

—Vayamos a lo inmediato, a lo que me ha dado Julián. Supongamos que sean diez mil[27]. Quedan trescientas. Iré en su busca y le diré. "Sé que te debo mucho más, pero no puedo hacer lo que quieres. Llévate la ropa, los muebles". La certeza de su realidad, avivada por los ochenta y

26. "¿Cuánto puede haberme dado Julián? ¿Mil quinientas? ¿Dos mil? Pongamos cuatro mil. Así con franqueza, sin asustarse." (1955, 143).

27. "Concretemos a lo inmediato, a lo que me ha dado Julián. Supongamos que hayas recibido incluso cinco mil. Llego hasta las cinco mil." (1955, 144).

cinco céntimos se alejó y quedó, en primer término, el gesto arrogante.

—"Te devolveré lo que me diste. Faltan nueve mil setecientas, ni una menos[28]."

Volvió a perfilar su arrogancia, con mayor precisión.

¿Cómo reaccionaría Julián? ¿Violento? ¿Lamentándose?

—"¡Mi hijo Maldonado! ¿Es que no te importa Gregorio?"

—¡Caray! No había pensado en eso. Queda el muchacho. Si Julián está condenado a muerte, su hijo quedará en manos del mestizo. En tal caso, ¡caray! mi razonamiento se derrumba. No puede llamarse caballero el hombre que no ayuda a un amigo en desgracia.

—Dejemos a un lado lo que Julián ha hecho conmigo. De ese modo me siento más libre. ¿Dónde quedan la gratitud y la amistad?

Dominaba su ánimo el recuerdo de las monedas, mezquino, insistente.

Trató de rechazarlo.

—Supongamos que hago lo que me ha pedido —admitió—. ¡Ojo! no he dado ninguna palabra —aclaró dirigiéndose a una presencia invisible—. Repito que no he dado ninguna palabra, que no estoy comprometido. Pero supongamos que Aurelia viene a verme y entra en el cuarto. Le digo... ¡Bah! de eso no tengo que preocuparme. Llega y Julián se encarga del resto. Yo sólo soy el cebo, mejor dicho, el mestizo. ¡Eso!, el mestizo —se interrumpió la boca entreabierta.

He aquí en lo que un hombre hundido acaba por con-

---

28. "Toma, te devuelvo lo que me diste. Faltan cuatro mil setecientas, ni una menos. Pero eso es una deuda de hombres, que queda en pie entre tú y yo." (1955, 144).

vertirse. Ya no soy Chano Maldonado, soy un mestizo. ¿Y Chano? ¿Dónde está? —movió la cabeza, intentando descubrirlo.

El, con la cara de otro, recibiría a la mujer. Con la cara de otro —sintió deseos de verse en el espejo—. ¿Con qué cara? Y él, ¿quién era? —se tranquilizó al cabo de un momento—. Ya sé que soy el que piensa todo esto. Sin embargo había conmigo otra persona, otro que ya no está —se mesó los cabellos— ¡Qué gran embrollo en su cabeza y cuántas personas en una sola!

Se estiró completamente, dispuesto a olvidarse de sí. La tregua sólo duró un momento. Enseguida su angustia revivió.

El, quien fuera ¡caray!, Chano, o el mestizo la recibiría para perderla. Aquella mujer entraría en el cuarto con su sonrisa hipócrita y la sonrisa hipócrita de ella chocaría con la suya.

Como dueño de la habitación ofrecería, deferente:

—"Siéntese Aurelia, estará mas cómoda". "Quítese el sombrero y el abrigo, estará más cómoda".

—¡Decididamente no lo haré!

Al instante, las monedas volvieron a cobrar su valor.

—¡Atrás! —gritó.

Esperanza abrió los ojos.

—¡No lo haré! ¡No puedo! —insistió su mente—. Devolveré todo, incluso los miserables céntimos.

Sabía que continuaba siendo un mendigo, un hombre sin empleo y si Julián le retiraba su ayuda se hundiría para siempre.

Varió de postura. Sus músculos seguían crispados, el cuerpo convertido en gigantesca contracción.

Maldijo el encuentro con Julián.

—Debí dejarle ante el escaparate. Estaba de espaldas y le llamé. Julián pretende que fue obra de la Providencia,

160

cuando me consta que sentí necesidad de beber aguardiente y pensé que, aquel viejo amigo, podía pagarme el gusto.

¡Y el imbécil de Julián, el muy imbécil! —se detuvo, asustado. Debía controlarse no fuera que, algún día, osase insultarle en voz alta.

—El estómago me dominó. Le repugnó cuanto significara materia, cuarto, ropa, comida, dispuesto a entregarlo a cambio de paz. Lo devolvería todo, céntimo a céntimo, aunque tuviese que emplear en la devolución el resto de su vida.

La pretensión resultaba tan irrealizable que la deshechó apenas formulada.

—No es por ahí. Vayamos por otro camino. Supongamos que decido ayudarle y su mujer viene a este cuarto. A todo el mundo le cuesta triunfar y para salir de mi pudridero sólo cuento con eso. Los escrúpulos quedan en casa, no soy quién para juzgar. Julián es mi patrón y yo su empleado. O un soldado que recibe una orden de cumplimiento obligatorio.

Cuando se fabrican cañones, ¿se preocupa alguien de averiguar a cuántos inocentes destruirán? Las gentes se limitan a su oficio, sin más complicaciones.

Los testigos afirmarán que Aurelia estuvo conmigo y a partir de ese día la señalarán como mi amante.

Esperanza no lo creerá. O, ¿acaso creerá tal cosa?

Intentó asirse a la idea. Una idea que le había tentado y hoy empezaba a perder fuerza.

¿Esperanza? ¿Aquella vieja de piernas hinchadas? ¿Y por lo que ésa pensase iba él, a perder su paz?

—No, tampoco es eso. Digo, que tampoco es que no me importa lo que crea Esperanza. Lo mío es la cobardía, que tengo miedo.

Encogió el cuerpo. Quedó redondo, acaracolado.

161

—Miedo y nada más que miedo. Miedo de actuar y de no actuar. Miedo a vivir.

Si rechazaba el proyecto de Julián volvería a lo de antes. Nada había cambiado. Su verdad era la otra. Lo de hoy, no se debía a un golpe de suerte, ni al esfuerzo personal. A nada que pudiera conservarse por actos voluntarios —se detuvo—. Estaba equivocado. Precisamente, un acto de voluntad, podría prolongarlo. Sin embargo ¿es libre, lo que se hace contra la propia conciencia, el propio deseo?

Volvió a embrollarse.

Recordó al hombre que le había protegido y le aborreció con todo su ser.

Distinguía dos clases de miedos. El de volver a su pozo y el que arrastraba lo que le repugnaba realizar.

La calderilla dejaba en sus manos un hedor repelente. Aquellas monedas se convertirían en suma importante no bien Julián retirase su ayuda.

Sintió hambre, frío, malestar. Saltó de la cama, dispuesto a la huida.

Desde su rincón, Esperanza intuyó su tortura. Se acercó.

—¿Puedo ayudarte?

Había pasado mucho tiempo desde la última palabra.

—¿Importa lo que me pase? —demandó, exasperado. La mujer retrocedió. El otro, repitió, colérico.

—¿Te importa? ¡Vamos, contesta! ¿Te importa?

XIII

La bayeta devolvía su transparencia al cristal. El horizonte entraba por las ventanas cuajado de barcos y mástiles. Esperanza se concentraba en la limpieza de la gran araña, su pensamiento junto a Chano, sufriendo con el sufrimiento del hombre.

Ignoraba los motivos de su angustia, pero intuía el origen de la inesperada fortuna.

—¿Acabó con el plumero? —demandó una compañera.

Los prismas de cristal temblaron y por la estancia se diluyó una frágil musiquilla.

Le contaba a María que voy "a dar los pasos", para que coloquen a mi hijo de camarero en "El Infanta". El marqués atiende siempre las peticiones, y me gustaría que el muchacho consiguiera el puesto. Es bien plantado y sabe de modos. Educación no le falta. No lo digo porque sea hijo mío, es la pura verdad. Sale al padre, no a mí, que parezco una cotufa.

Mientras hablaba acariciaba con el plumero el retrato de un anciano arrogante, de barba blanca.

—¡Dios mío! ¡Parece un San José!

163

La emoción le embargaba.

—Y luego —continuó sin pausa— el sueldo de camarero es bueno, y con los ahorros se puede hacer una gloria de contrabando. Ahí tiene usted a la "comprometida" de mi compadre, que no le falta de nada. Su buena mecedora, su buen pay-pay, su buen buche de café.

. Esperanza dominó un suspiro. El recuerdo de Manuel, tan lejano a veces, se recrudeció y una sonrisa inconsciente estiró sus labios. Al instante le subió de las entrañas el dolor que se alzaba entre ella y su amante.

—¿Le pasa algo?

—No. Me encuentro bien.

La bayeta había caído de sus manos.

—No se descuide. La vida, por muy perra que parezca, siempre merece la pena. ¿Desayunó?

Esperanza afirmó con el gesto.

En verdad no recordaba haber desayunado, preocupada por escapar del dormitorio donde Chano había pasado una noche de infierno.

—Le traeré una taza de café.

Salió Encarnación, con paso seguro. Regresó, portadora de una jarra. Más que un rito, el café era una necesidad para aquellos estómagos nunca colmados.

La otra, determinó.

—Por la mañana hay que tomar café y si se puede, una copa de aguardiente. Pepa, la "comprometida", toma también la "pringada". Pero ese lujo no está al alcance de nosotros. Ella, puede. Es la comprometida de un embarcado, y una comprometida, sin ofender a nadie, es más que reina.

Yo también tuve mis veinte, y muy buenas proporciones. Pude quedarme en una mecedora, con un abanico, comiendo buenas tajadas de carne. Pero ¿qué quiere? Tenía mi honra.

Esperanza dejó de beber. Encarna, captó su desconcierto.

—¡Quieres callarte! Estás tú, poco tonta con tu honra.

La mujer explicó.

—La deshonra no está en irse con el hombre que se quiere. El cariño es otra cosa. La deshonra de una mocita está en venderse. Mi madre nunca se casó y ¿voy a decir por eso que mi madre fuera una perdida? Mi madre pasó, junto a mi padre, hambres y cuanto hubo de pasar. ¡El Señor la tenga en su Santa Gloria! Esperanza había terminado la mezcla hirviente. Intentó volver a su tarea.

—No quiero ser pájaro de mal agüero, pero le veo mala cara.

—Será cosa de la bilis.

—Pudiera ser.

—Y luego, hace días que no duermo.

Se sentó en el escalón, una mano sobre la frente. Su vértigo aumentaba.

—Los males de los pobres cuanto antes se cojan, mejor.

El dolor apuñaló su costado.

—En cuanto salgamos de aquí, le llevo a la gratuita —determinó Encarna—. No hay que dejarse morir. Echese en el diván, yo remato la lámpara.

Con la generosidad de los desheredados ofrecía lo único que podía darle, su esfuerzo personal.

La enferma cerró los ojos. A su alrededor las limpiadoras charlaban con voces susurrantes. Con certeza se referían a su mal que presentían grave.

Rebuscó en su conciencia.

Había, desde luego, "aquello", siempre latente, semejante a un relato sin final. Pagaría por aquello. Y sin embargo jamás podría arrepentirse de su amor por Manuel.

Convivían en ella, sin que uno desplazase al otro, el

165

sentimiento por su amante y el remordimiento por el daño causado a Chano.

—Quise a Manuel, y no por la mecedora, ni el abanico y eso de las tajadas— sonrió, consciente de no ser aquellas las palabras precisas para expresar su idea. Pero estaban frescas las de la limpiadora y había un valor convenido en el juego de las frases. No venderse.

—Me enamoré como una loca, tiraba de mí. He mordido las sábanas de la cama, mis hombros, porque no resultaba fácil, irse o quedarse.

Los recuerdos anteriores a la muerte de Manuel, todavía le traían consuelo. Y se veía en la casa de San Severiano aspirando el perfume de la "dama de noche", el de los jazmines tiernos frente a la persiana por cuyas junturas entraba la luz, un resplandor dorado que envolvía su cuerpo desnudo haciéndolo más hermoso.

Resultaba cruel que tanta dicha hubiera arrastrado consigo tanto infortunio.

—¡Pobre Chano! —musitó, al tiempo que se erguía.

Una oleada caliente subió de sus entrañas. Abrió los ojos y supo que su mirada se había vuelto ciega.

Gritó, en demanda de ayuda.

La falla valenciana dedicada a Mercedes Formica por su esforzada defensa legal de los derechos de la mujer (1954).

Entrevistando a Antonia Pernia, cuya penosa historia conyugal inspiró a Mercedes Formica el artículo *Domicilio conyugal* publicado en ABC. La fotografía es de Inger Morath, esposa del dramaturgo Arthur Miller. (1955).

XIV

Semejante a un insecto girando sobre sí, en el intento de escapar de unas brasas, el razonamiento de Maldonado daba vueltas alrededor del mismo eje, en busca de la justificación que le permitiera realizar el acto que tanto le repugnaba.

Analizaba las motivaciones capaces de convencerle, las retenía, meditaba sobre ellas y terminaba por rechazarlas. La idea de la venganza nunca le tentó. Más sugestivo resultaba poderse hombrear con los que le tacharon de indigno.

Buscaba unos rostros lejanos. ¿Cuántos habían sido? Muchos. Pero concretarlos en nombres y personas resultaba imposible. Es verdad que le hubiese consolado demostrarles que cualquiera, en este caso el propio Chano, podía herirles con sus propias armas. Cualquier hombre, por el hecho de serlo, se exponía a sufrir una suerte como la suya.

Venía, en primer lugar, el Presidente de su Colegio profesional, un hombre satisfecho, director de una gran empresa. El le comunicó el acuerdo de la Junta, mitad ofendido, mitad condolido.

—"En nombre de los compañeros, te aconsejo que pidas la baja. Tu conducta no es tolerable entre caballeros."

Aquél sí, aquél le había agraviado. Herirle, suponía una tentación.

Años después conoció a un hijo suyo, habido fuera de matrimonio, un muchacho sin apellidos, amargado, compañero de correrías en cuarteles y hospitales. Su corazón rebosaba ansia criminal.

—"El día que tropiece con mi padre, le rajo el cuello."

Con aquel hombre le hubiera gustado desquitarse, conquistar a una de sus mujeres. Sin embargo, Aurelia no tenía nada que ver y de Julián, ciertamente, no deseaba vengarse.

Repasó a sus conocidos.

La lejanía de tantos años los había transformado en sombras sin relieve y lo que pudieran opinar no le importaba.

El otro yo de Maldonado sugirió.

—"Quedarías como un macho ante los ojos de la ciudad. Eso, siempre gusta."

—Yo no soy un macho en el sentido que se da a esa palabra. Yo no he sido un matón. He sido, simplemente, un hombre bueno.

Este era su mejor título. Con Esperanza lo fue.

Se detuvo en su recuerdo. Quedaba Esperanza.

Sus ojos erraron por el cuarto. Hacía tiempo que no la veía. Encarna, la limpiadora, había dicho algo relativo a Esperanza, pero Maldonado, acosado por su angustia, no se había detenido a escucharla.

Dejó de mirar al rincón.

—Seamos francos. ¿Me importa, de verdad, lo que piense Esperanza?

Había un desequilibrio entre el posible placer aportado por su mala acción y la tristeza de su cociencia.

Lo que Esperanza pensase, lo que puediera decir a la bella mujer que fue un día, tampoco le interesaba. ¿Acaso podían emparejarse los dos momentos? ¿Igualar el presente y el pasado?

Los científicos aseguran que el tiempo no existe.

—¡Conforme! —Maldonado no pensaba contradecirles. Bastante embrollo tenía para meterse en discusiones. Sin embargo, sólo contaba con la Esperanza de hoy, una pobre anciana sin belleza, apenas con vida.

Volvió a buscarla en su rincón de costumbre y de nuevo le sorprendió su ausencia. Algo había sucedido.

Al otro lado del tabique moraba Encarnación. Sin duda, aguardaba una respuesta. Se había referido a Esperanza, de eso no cabía la duda, pero ignoraba el porqué.

—Esperanza, no soltemos el nombre. Primero Esperanza y después Esperanza. ¡Eso! Esperanza, mi mujer.

Le irritó la monotonía.

—¡Basta!

Se quebró el silencio. La pared recogió y rechazó su grito.

—Inútil buscarla, hace mucho que no está.

Quiso calcular la última vez que la viera. Desistió del cálculo. Jamás podría precisarlo.

Bastaba con saber que hacía mucho que había desaparecido. Y luego estaba el mensaje opaco de la limpiadora.

—Sigamos a la vecina —propuso, desfallecido—. Vecina. Falda de percal, medias negras, alpargatas. Las medias de canutillo. Detalle importante.

Mentalmente reprodujo el aspecto de la anciana, su actitud, cuando salió del cuarto.

—¿Y las frases? Porque dijo algo.

Las frases habían desaparecido.

¿Cuándo sucedió?

169

—No importa, no es necesario precisar. Salió, con su traje de algodón y las piernas hinchadas, lo recuerdo muy bien.

Lo sucedido a Esperanza comenzaba a brillar en su mente, impreciso, lejano.

Encarna había dicho.

—Le pesará.

¿Pesarle? Todavía no había prometido.

Cierto que bebía sin tino y las horas no contaban para él pero nunca creyó —al menos eso suponía— haber dado el paso definitivo.

Entonces, ¿por qué me maldice esa bruja?

—"Le pesará".

Su respiración se volvió jadeante.

—Si quiero llegar a buen término debo recobrar la calma. No era a la mujer de Julián a quien la anciana se refería, sino a Esperanza.

—"Le pesará."

Una frase de contenido cabalístico.

—Te pesará —aseguró un día su hermano.

—"Le pesará" —anunciaba Encarnación.

Cerró los ojos. Siseó a su mente cansada.

Quedó inmóvil, recogido el tiempo suficiente para que la verdad brotase.

—¡Sangre!

Esperanza había tenido un vómito de sangre.

Era ése, el mensaje de la anciana.

—Está en el hospital —y dolida de su indiferencia pronosticó.

—"Le pesará."

Permaneció agazapado, desmenuzando todas y cada una de las posibilidades, hasta concluir que tenía a Esperanza en sus manos, que podía salvarla, o dejarla morir.

Semejante verdad le produjo regocijo y desazón.

170

Su mujer estaba muy enferma, moriría si no lo remediaba.

Era urgente hacerse con dinero.

Apretó los labios con el propósito de extrangular la carcajada que subía de sus entrañas.

Encarnación dormía al otro lado del muro y podría resultar peligroso si escuchaba su júbilo.

La Providencia se compadecía y le mostraba, ¡al fin!, la solución más simple.

Estiró los pies, las rodillas, arqueó las espaldas, cruzó los brazos sobre la frente. Era la primera vez, tras muchas horas de tensión, que sus músculos se relajaban.

Nadie le pediría cuentas.

Esperanza estaba en peligro y debía salvar su vida costase lo que costase, sin reparar en medios.

Intentó encontrar un dolor inmediato, ese impulso que obliga a tender la mano a un semejante y hubo de admitir que la vida de Esperanza no era suficiente para obligarle a cometer la acción que tanto le repugnaba.

—Puede morir en cualquier momento. Antes la salvé. La voz interna objetó.

Salvar a Esperanza a costa de mi dignidad tenía grandeza. Salvarla a costa de la vida de otra mujer, no trae paz, sino remordimiento.

Ahora lo veía claro. Era eso lo que le impedía aceptar el proyecto de Julián. La certeza de cometer, fríamente, una mala acción.

Estiró la piel de las mejillas con las manos.

—¡Qué empeño en suponer inocente a Aurelia! ¿Acaso puedo probarlo?

Y la voz que juzgaba respondió.

—Lo de menos es su culpabilidad. Admitamos que lo sea. Admitamos que haya cometido un crimen más grave del que le acusan. ¿Serías su verdugo?

Desapareció el rostro de Aurelia. Quedó la sombra de un culpable sin nombre, al que su delito enviaba a la muerte.

La idea de una Esperanza enferma, sin más salvación que la que pudiera prestarle se fue diluyendo. Vender por ella lo poco que poseía, suplicar dinero a sus enemigos, sosegaban su espíritu y hasta investían de grandeza su miserable personalidad. Lo otro, prestarse a cazar a una criatura inocente, prestarse a cazar a una mujer culpable, arrastraba consigo el más espantoso de los infiernos.

Recordó a Julián y sintió aborrecimiento. Sin embargo, a pesar de lo mucho que le despreciaba continuaba siendo su amigo.

—Soy su amigo. Tal vez me ciegue pensando que sólo me ayudó para eso que, por así decirlo, me compró el día que le llamé en la calle. Fui yo, no debo olvidarlo, quien le llamó. Fui yo. Julián ni siquiera me había visto y tampoco creo que me reconociese, pero se sentó conmigo y me libró de las injurias del camarero. Es un dato importante, debo tenerlo en cuenta.

Se interrumpió, conmovido.

—Aquella tarde, prometí: "Nunca olvidaré lo que has hecho".

Y allí estaba, buscando razones para negarle su colaboración.

Quedó en primer término, acuciante, el sentimiento de la gratitud.

—Se portó como un hermano, y ahora que me pide ayuda me resisto a dársela.

Paralelamente, se encendía esta verdad.

—Si yo no fuera un hombre caído, nunca hubiera osado descubrir sus propósitos.

Aceptó la evidencia.

—Me engaño. Me miento. Si Julián me hubiera pro-

puesto hacer esa canallada, cuando era un hombre independiente, lo hubiese arrojado de mi casa, sin vacilar.
Ahora no puedo. Sólo tengo este miserable tabuco y el
miedo a perderlo.

Imaginó el hambre, la inseguridad, el acoso. Conocía
demasiado lo que le esperaba si desaparecía la protección
de su amigo.

Cogió una botella. Bebió hasta vaciarla. Embriagado,
continuó torturándose.

Julián no había vuelto a buscarle. ¡Al diablo Julián!

En lo más profundo de su ser, los ojos de Aurelia le
miraban. Unos ojos quietos, dulces.

—¡No lo haré! —volveré a pedir limosna, a comer rancho.

Buscó en sus bolsillos el último dinero y lo esparció sobre el pavimento.

Abrió el armario, sacó los vestidos, el abrigo de lana
inglesa, los zapatos. Compuso un envoltorio y lo arrojó,
lejos. Quedó desnudo, jadeante, en duermevela, hasta
que el relente le obligó a refugiarse en el lecho.

—¿A qué espera Julián? ¿Por qué no viene y exige una
respuesta?

Saltó de la cama, dispuesto a terminar con su tortura.
Corrió por las calles en busca de paz.

Era cierto que moriría si Julián le dejaba, pero prefería
la muerte.

Se acercaba el invierno, con sus noches interminables,
la lluvia, la soledad. Nada alteraría su decisión.

—Lo soportaré todo.

A sus espaldas sentía materializarse un espectro conocido. El de su propio cuerpo tendido en una cuneta.

La seguridad económica había terminado por borrar
aquella obsesión que ahora renacía con fuerza. Estaba
allí, acompañada del bordoneo de las moscas.

Llegó ante la casa de Julián. Junto a la tapia del jardín, una fachada pequeña aparecía iluminada. Detrás de las ventanas reía una mujer.

Distinguió la sombra de un hombre. Se acercó.

—Me negaré —repitió una vez más—. Conozco lo que me espera pero no importa, me negaré.

Golpeó las espaldas del desconocido.

—¿Me oye? —susurró—. He venido a decirle que no lo haré.

La mirada del otro mostró una expresión atónita.

¿Acaso distinguía el espectro de Chano tendido en la cuneta?

—¡Calma! Sé muy bien lo que ve —le agarró de un brazo—. No huya, se lo suplico. He venido a decirle que está decidido. Lo haré.

La risa de la desconocida continuaba. Repentinamente se deshizo en un golpe de tos.

"Ya no ríe" —dedujo Chano embobado.

La voz masculina repetía su pregunta.

—Explíquese. ¿A qué está decidido?

XV

Entró en la pastelería. El único dependiente demandó con gesto profesional.

—¿En qué puedo servirle?

Chano señaló uno de los botes de vidrio dispuesto sobre el anaquel.

—Ponga medio kilo.

El dependiente acentuó la sonrisa y agarró el frasco del mostrador.

Maldonado detuvo la maniobra.

—He dicho de aquél.

—Son de la misma clase, señor.

—En ese caso, sirva lo que he pedido.

El frasco de cristal descansaba en las baldas pintadas de purpurina, semejantes a pequeños ataúdes de recién nacidos.

—Ella siempre lo miraba con ilusión, cuando las maderas tenían colores alegres.

—¿Qué cantidad dijo que pusiera?

—Medio kilo.

Chano captó su sorpresa.

—Teme que me lleve toda la sangre.

175

¿A santo de qué, le asaltaban tales pensamientos? Aquéllos eran caramelos inocentes, una mezcla de azúcar y agua teñida de bermellón.

El dependiente dispuso el pedido sobre el peso. La aguja del fiel vaciló. El paquete comenzó a hincharse, como si respirara, mientras su comprador rechazaba cualquier inquietud.

Su mente, sin embargo, permanecía en acecho. Intentó liberarse.

—¡Sólo por unos segundos!

El dependiente le miró, amedrantado.

—¿Decía algo?

—Hablaba conmigo. Perdone.

Entre sus manos, el exquisito paquete tenía blandura de latidos.

—Parece un corazón. Llevo conmigo la sangre de un corazón. El dependiente le tendió la nota.

—Tengo más que suficiente.

Abrió la cartera. Cobijado en sus pliegues descubrió el papelito verde. Durante un largo momento sus ojos no pudieron ver nada más. Cuando logró desasirse del hechizo, las carnes le temblaban.

Entregó unas monedas de plata. El resorte de la caja registradora, impulsó un cajoncillo hacia el exterior.

—¿Y si un día no funciona?, se preguntó, aferrado a inquietudes infantiles.

Sabía que lo importante era el papelito verde, y todo lo que el papelito verde significaba.

Salió a la calle.

La confitería quedó a sus espaldas, con sus bollos fragantes, los frescos bombones, el delicado matiz —vainilla clara— de la pintura de las paredes. El rótulo marchito de pasadas delicias.

"Hay chocolate a la vienesa."

176

Y sobre todo, su empleado amarillo.

—No pienso ningún disparate. El dependiente es un hombre amarillo, como los muertos, del color de los muertos. ¡Razono mejor que nunca!

Hay anaqueles blancos, adornados con oros, semejantes a las carrozas fúnebres. ¿Dónde está el absurdo?

Se trata de un hombre que vende gotas de sangre, que no se piden por ese nombre. Hay que decir. "Ponga medio kilo de caramelos de cerezas", así, de un modo astuto, con trampa. Experto en trampas. —La frase, agitó su miedo—. ¡Todavía no! —suplicó—. Sé que debe llegar, pero todavía resulta prematuro.

Julián le había pagado por anticipado. Sin embargo, estaba a tiempo de negarse. El papelito verde continuaba intacto.

Siguió su camino.

En la explanada del Campo del Sur quedaba un reguero de sol y sobre los árboles, el polvo de recientes levantes.

Cruzó el portal.[29] No era día de visita y el conserje, al saber que venía por vez primera, le dejó pasar.

Una religiosa le acompañó.

—Se pondrá muy contenta.

La monja le precedía, con su pisada blanda.

La sala era grande, el silencio escueto.

—¡Alégrese mujer! Mire quién ha venido.

Esperanza abrió los ojos, Chano sintió miedo de su mirada.

—Es, como un perro apaleado.

El aroma denso del éter, turbaba las mentes.

29. Este centro médico, situado en el Campo del Sur, llamado Hospital Moreno de Mora, sigue activo en el Cádiz actual.

Se sentó con cuidado. Habían perdido la costumbre de hablarse y ahora que tenían tanto que decir, las palabras no surgían.

—¿Por qué no grita que quiere vivir? ¿Por qué no me pide que la salve?

Su mirada brillaba, henchida de súplicas sordas.

—¡Hazlo! y me librarás del infierno.

Musitó.

—He traído las cerezas que tanto te gustaban.

A Esperanza le temblaron las mejillas. Lágrimas ardientes cayeron de sus ojos. Sin embargo no era gratitud lo que Chano perseguía, sino la exigencia de vida de una criatura condenada.

—"Exígelo a costa de lo que sea y me habrás salvado."

La mujer eligió un caramelo. Chano se mantuvo expectante.

—Debí traerle comida, un buen trozo de carne.

Y entendió que estaba allí no a causa de Esperanza, sino a causa de sí mismo.

—¿Y si lo confieso todo?

—No me lo agradezcas, soy un miserable. Escucha. He venido… Esperanza señaló con un gesto a su vecina de cama.

—No se trata de lo nuestro —quiso gritar— nosotros no contamos. Se trata de algo peor.

Esperanza no adivinaba su tortura.

Esta pobre mujer, nunca supo comprenderme. Intento que comparta mi responsabilidad, necesito descargar en ella mi angustia. Basta que pida auxilio, que suplique que no la deje morir.

Tragó saliva. Volvió a tenderle un lazo.

—No desesperes. Sé que has tenido vómitos y has perdido mucha sangre. Te lo repito. No desesperes. Haré cuanto esté en mi mano para que recobres la salud.

178

Buscaré dinero, robaré si es preciso, irás al mejor sanatorio.

Aguardó.

Esperanza se limitó a decir.

—Yo no merezco tanto.

Había perdido, definitivamente, la batalla.

De nuevo en la galería, Maldonado se cruzó con los camilleros que conducían a un hombre accidentado. Uno comentó:

—A veces, las heridas no dejan sangre.

Sus palabras rumorearon un largo momento.

—No dejan sangre. Es decir, no todas las heridas, incluso las que producen la muerte, dejan sangre.

La gran plaza del hospital, frente a la playa de La Caleta, mostraba su polvo petrificado. Ni un árbol, ni tan siquiera un matojo verde.

Los niños jugaban al toro. Corrían, embestían, intentaban engancharse en los cuernos de la cabeza disecada.

—¡Toro! ¡Ju, toro!

—Sin sangre —volvió a repetir Maldonado—. En seco, sin dejar rastro.

Habían pasado las primeras horas de la tarde. Con certeza, todo estaba consumado.

—Aurelia es una perdida y esta otra estaba, irremisiblemente, condenada. Le prometí. "Te curaré. El dinero no importa. Te curaré."

Se dejó caer en tierra.

—¿Por qué me engaño? ¿Por qué cargo sobre Esperanza mi culpa?

Los niños interrumpieron su juego. El más osado advirtió.

—Está muerto.

179

MERCEDES FÓRMICA

—No. Todavía mueve las manos.
—¿Quiere un poco de agua?
Innumerables veces había permanecido en aquella postura, sin que nadie le molestase.
—Estoy bien.
—Tenga cuidado. Va a marcharse el abrigo.
—Busca la propina. ¿Comprende, señorito? Busca la "propi". Es un lame.
Una piedra rozó la cabeza del imprudente. Chano se irguió fatigado. Había dejado de ser un mendigo.

XVI

En la pared del coso taurino quedaba un rayo de luz. Recostado en el muro permaneció largo rato, hasta que la noche se apoderó del entorno. Se alejó por la orilla del Atlántico, bien pegado a las murallas.

El olor de la marea baja corrompía el aire. Por vez primera pensó en Esperanza con profunda compasión, en la Esperanza joven, enamorada.

—A veces una acción cuesta el instante de decidirse. Otras, es resultado de un lento proceso. Juró que volvía a mí por arrepentimiento y fui tan estúpido que la creí. Como si el arrepentimiento fuera una reacción natural que viene tras el pecado.

Cuando supe que se había marchado de nuevo la desprecié. Cierto que la busqué en el vagón, la cargué en mis brazos y la traje a casa. ¡Dios es testigo que lo hice con el corazón rebosante de amargura!

Un soplo de aire movió sus cabellos.

—No puedo negar que hice lo que Julián me pidió, lo que me propuso mi enemigo. Cada vez lo veo más claro. Julián no ha sido otra cosa que mi enemigo.

Mantenía, intocado, el cheque y semejante pensamiento aliviaba su responsabilidad.

—Todavía no me he vendido. He colaborado, no puedo negarlo, pero si quisiera arrojaría su dinero a la cara, le gritaría que no se compra a un hombre como yo —le satisfizo la inútil jactancia—. Un hombre como yo. ¿Y qué era un hombre como él? ¿Basura?

—Se encaró con el doble que portaba en sí —algo más simple, señor mío, un ser humano que hace por amistad lo que no pueden obligarle por dinero.

La noche le cercaba.

Debía regresar a casa, afrontar lo que rehuía desde hacía tantas horas.

Recordó el cuarto, la escena. La escena le paralizó.

Aurelia entraba en el dormitorio ajena a lo que le aguardaba. Todo había sido dispuesto según los deseos de Julián. La botella de vino, las copas, los dulces, el lecho desordenado. Chano no entendía de bebidas y recurrió al encargado de la bodega.

—"Un vino de calidad. No importa el precio."

—"En ese caso, don Ignacio, tendré que pedirlo al almacén." Habían vuelto al tratamiento, pesaba mucho una cartera repleta, pero le sorprendía que tal cosa sucediera en el momento de alcanzar el fondo de su degradación.

Aurelia llegó a las siete en punto. Llamó a la puerta. Entró en el dormitorio.

El primer impulso de Chano fue gritarle que huyera. Se dominó y hasta le pareció de poco hombre, volverse atrás después de comprometer su palabra.

Tendió una mano a la mestiza.

—¿Quiere una copa? ¿Le gustaría probar unos dulces?

182

Julián había insistido en que todo aquello era necesario.

"Hay que dar la impresión de verdadera intimidad."

Aurelia rechazó el ofrecimiento con infinita cortesía.

—¿No está Julián?

—Salió hace un momento. Insistió en que le esperase.

¿Se quita el abrigo? ¿El sombrero?

Con ayuda del hombre se despojó de las prendas. Sin saberlo, se acercaba a la trampa.

Permaneció de pie, indecisa, observando el desorden del lecho.

Maldonado explicó.

—Esperanza está en el hospital.

Del pasillo llegó el quejido de una criatura.

—Dentro de un momento la calma desaparecerá y esta pobre mujer, esta víctima mía...

Finalmente sintió los pasos de Julián.

—Ahí viene su marido.

Y fue, entonces, cuando Aurelia se confió. La proximidad de su esposo le devolvió la calma.

Llevó una copa a los labios. Chano empujó su brazo y derramó el vino sobre el pecho de Aurelia.

—¡Perdone! ¡Perdone! Lo mejor será quitarse la blusa.[30]

Fingiendo azoramiento, alargó una mano y arrancó los botones.

—¿Qué hace? —rechazó, violenta. Su peinado se deshizo a impulso del gesto inusitado, desprendidas del moño parte de las horquillas.

Entonces apareció Julián, acompañado de tres desconocidos.

---

30. "Disculpe —murmuró—. ¿Quiere quitarse el vestido? Alargó una mano y le arrancó los botones." (1955, 184).

Aurelia corrió a refugiarse en sus brazos. Jadeaba y un mechón sudoroso caía sobre la frente.

Chano miró a Julián, a los hombres que le acompañaban, diciéndose que la escena tardaba demasiado en producirse y los supuestos testigos descubrirían la farsa que representaban.

Julián —actor consumado— rechazó a la mujer y se arrojó sobre Maldonado, al que tendió en el suelo de un solo golpe.

Aurelia gritó.

Chano recibía los golpes en pleno rostro, con verdadero alivio, mientras Aurelia quedaba reducida a un estremecimiento, a una lenta agonía.

—¿Han visto? —demandó Julián a los testigos.

En el rostro de la mujer se pintó el desconcierto.

Chano escapó del dormitorio y en el pasillo tropezó con Encarna que descubrió su cara ensangrentada.

—¿Le han herido?

Ignacio ignoró su pregunta.

Necesitaba esconderse, descargar su conciencia. Se lavó en la fuente del patio. Recordó a Esperanza y se dijo que aquella mujer envilecida podría consolarle.

Ahora, un golpe de sangre, le devolvió las murallas, sus propias piernas moviéndose en el vacío.

Regresó al hospital. Las puertas del edificio estaban cerradas. Un cartel advertía:

"La entrada de urgencia por la calle del Vidrio."

El vigilante fumaba una colilla.

—Déjeme pasar.

—¿Es familia del muerto?

—¿Qué muerto?

—El que está en el depósito.

—No. No es cosa del muerto. Quiero ver a una enferma de la sala nueve para llevarla a casa. Se trata de mi mujer.

—¿Está "chalao"? Si de algo le sirve un consejo, no haga tonterías. Aquí, en el Hospital Mora, hay de todo. En casa miseria y nada más que miseria.

Chupó de nuevo la colilla.

—¿Se sabe lo que ha pasado en Sanlúcar?

Maldonado le miró, estupefacto.

—Toreaba Juan y tengo apostado con el camillero que cortaría dos orejas.

—No entiendo de toros.

—¿No entiende? Escuche, amigo, si un hombre no entiende de toros ¿Quiere decirme en qué gasta su tiempo?

Sintió ganas de advertir.

—No soy un hombre como los otros. No soy ni siquiera un hombre. Soy algo qué, cualquiera, el primero que se lo proponga, puede obligarle a realizar aquello que le repugna.

El viejo insistió.

—No me cabe en el coco que a un macho no le guste la Fiesta.

No se empeñe en tratarme como a un hombre normal —musitó mentalmente—. Y si tiene arrestos para escucharme le contaré mi caso. Necesito compartir mi angustia con alguien. Tarde o temprano he de afrontar la situación y pienso que el miedo desaparece cuando se tiene el valor de encararlo.

El conserje captó la súplica silenciosa, interpretándola a su manera.

—Deje de cavilar. Las mujeres no cuentan. Mírese en mi espejo. La mía, bajo tierra. Bien confesada y bien sacramentada, pero bajo tierra.

Gritaba por todo. Empezaba la temporada y ella, a gritar.

Instintivamente, Chano se tapó los oídos. En lo más hondo de su ser, continuaba escuchando aquel otro grito.

—¿Le molesta? Pues sí, amigo, gritaba. Y era mi único vicio. En invierno reunirme con los paisanos, la gente de Marchena y en la temporada, apartarme de los paisanos y vivir en un tendido de sol. ¡Bueno! ¡Vivir o sufrir! Que se pudría la sangre, cada vez que un toro se iba por sus patas al corral.

Arrojó lejos la colilla.

—¿Puedo llevarla?

—¡Caramba con el hombre! Y qué afán por llevarse a la parienta. Echó una ojeada a la puerta del depósito.

—Lo siento. Tengo que dejarle. La familia del difunto viene a rezar.

La noche se encontraba en su apogeo. La madrugada tardaría en llegar.

El oleaje de la playa de La Caleta semejaba el lamento de un niño y Chano comprendió que no podría evitar lo que hacía tantas horas recelaba.

Ella estaba allí, las manos sobre el vientre, la mirada vacilante.

Se disculpó.

—No puedo hacer nada, compréndalo, todo estaba previsto. ¡Lo juro por mi salvación! En este momento, soy más digno de lástima que usted.

Aurelia no respondió. Su falta de rebeldía acongojó al hombre, que dio un paso hacia adelante.

Los edificios herméticos, las persianas desplegadas, ocultaban interiores ennegrecidos.

Era inútil que Maldonado avanzase, que recorriese la

entera ciudad. Aurelia seguiría a su lado, callada, estupefacta.

—¿Por qué?

La había sentido pegada a su costado toda la tarde. Cuando estuvo frente a Esperanza. En la explanada, mientras los niños jugaban al toro, ahora, en el momento de confesar el vigilante sus aficiones.

"No tengo vicios. Llega la temporada y me aparto de la gente de Marchena."

Volvió a suplicar.

—No soy responsable. ¡Créame!

La figura no se movió.

—Usted conoce a Julián. ¿Nunca sospechó que terminaría vengándose?

"La venganza se come fría" —solía decir—. Tiene que haberle oído la frase. A mí me cortó el resuello. Escuche. Experimento un gran culto por la amistad y él se decía mi amigo.

Cuando nos encontramos yo era menos que nada, porque nada, a fin de cuentas, es algo sin memoria. Antes de nacer no recuerdo haber sufrido.

Cuando Julián me encontró yo era menos que nada, pero tenía memoria y recuerdos, y ¡entiéndame!, haga un esfuerzo por entenderme, ¡sufría!

Me habló cuando nadie me dirigía la palabra, me sentó a su mesa, pagó las deudas del café. ¿El haberse convertido en un deshecho puede privar a un hombre de la satisfacción de prestar un favor a un amigo?

No me impulsó el interés, se lo aseguro. Guardo su cheque en la cartera, intacto. Sacó la hojita verde y la mantuvo entre los dedos.

—¿No me cree? En ese caso, no hay nada que hablar.

Cierto que estaba a su merced, en una situación que ni respirar podía. Sin embargo, hubiera hecho lo mismo

187

aunque no me hubiese pagado. ¡Déjeme! ¡No me persiga! He decidido olvidarla.

Al instante comprendió la imposibilidad de su propósito. Durante horas había querido cristalizarlo y ni un solo minuto lo había conseguido.

Crispó los puños.

—Me ayudó para esto, lo veo bien. Debió pensarlo enseguida, no puedo precisar el momento, pero debió ser enseguida. Nadie acoge a un hombre hundido como yo, si no es para añadir a su desamparo mayor vergüenza.

Estoy avergonzado. No. Avergonzado no es la palabra exacta. Estoy desesperado, tan cierto como permanezco en este lugar.

Sentía necesidad imperiosa de librarse de la mirada de Aurelia. Hizo el gesto de alejarla y la mirada quedó dentro de sí, en lo más hondo de su ser.

XVII

Pasada media noche, Julián regresó a casa.

Rosalía salió a su encuentro y, al descubrir que no venía Aurelia, inquirió.

—¿Dónde está tu mujer?

—No volverá —la tomó del brazo—. Necesito ayuda. Ha sucedido algo muy grave. Acabo de sorprenderla con otro hombre.

—¿Otro hombre?

—Como todas las mestizas, fue siempre hábil para el engaño. Vigiló el rostro de Rosalía, su rencorosa ansiedad y se dijo que si lograba convencerla hallaría su mejor aliada.

—No conoces nada de mi vida —confió en tono plañidero—. Tuve que salir de Manila porque no podía soportar la vergüenza. Lo dejé todo, honor, amistades, fortuna —calculó la pausa—. ¿Y sabes por qué? Porque Aurelia es una perdida. Hoy se atrevió con el pobre Chano.

—¿Qué dices?

—Absurdo, ¿verdad? Cualquiera le hubiese servido. Aurelia es sólo un pedazo de carne —la miró con expre-

189

sión respetuosa—. No he sido afortunado, no he tenido la suerte de encontrar, en mi camino, a una señora como tú. Rosalía sonrió.

—Se entregó el día que nos conocimos. Más tarde me juró que esperaba un hijo y decidí casarme para dar un nombre a Gregorio.

Rosalía sostuvo su mirada. Leyó este mensaje.

—"Te quería a ti. Te quise siempre."

Aspiró aire conmovida hasta las raíces.

—¿En qué puedo ayudarte?

—Procura que nadie sospeche.

Ella reclinó la frente en el cristal de la ventana. El frío de la superficie le devolvió la serenidad.

Al día siguiente, de acuerdo con las instrucciones recibidas, abrió armarios y cajones con la energía de quien apuñala a una rival. Arrancó perchas, esparció vestidos, deshizo la perfecta simetría de los zapatos, y a puntapiés los arrinconó.

Jadeaba, a causa del esfuerzo, pero encontraba un descanso moral arrojando lejos, la presencia aborrecida. En lo íntimo, sin embargo, intuía la verdad.

—Pondría mi mano en el fuego por Aurelia.

Subida en una escalera, alcanzó las sombrereras. Pamelas, fieltros, plumas y flores quedaron a su merced.

Durante el registro de la cómoda, hundió las manos en las sedas de la ropa interior, en los frágiles encajes, en las delicadas blusas bordadas. Volaron enaguas, corpiños, camisas.

Le turbaba el roce de aquellas prendas, acariciadas, sin duda, por las manos de Julián. A su desasosiego se sumaba la certeza de cometer una mala acción.

Murmuró, cobarde, vengativa.

—No soy quien para juzgar. Si es inocente que lo pruebe.

Dio con el costurero de Aurelia, con sus hilos de colores, agujas y dedales. Volvió a cerrar el estuche, de un solo golpe.

Una caja de piel, contenía cartas de Julián acompañadas de retratos de familia. Con gesto reposado examinó las fotografías, el corazón lacerado.

Resultaba evidente que Julián había mentido. Su expresión no correspondía a la de un hombre obligado a casarse. Por el contrario, reflejaba intensa felicidad.

Aurelia no aparecía como la mestiza dulce, sin belleza, que desembarcó en Cádiz. Era una joven fascinante en el esplendor de su hermosura mágica.

Continuó revolviendo la intimidad de la pareja, desmenuzada en huellas entrañables. Mirándose a los ojos, con el hijo recién nacido, con el hijo en traje de primera comunión y en todas, el arrollador atractivo de la mujer, la impalpable pero cierta felicidad.

Despechada, detruyó los retratos.

XVIII

G regorio estaba frente a su padre, intuyendo una catástrofe.

—¿Se trata de mamá?

Julián carraspeó. Llegaba el momento delicado de su proyecto y para salir victorioso debía actuar con astucia, sin excluir la crueldad.

Posó una mano en el brazo del muchacho.

—Es necesario que te comportes como un hombre.

—¿Ha muerto? —su voz llegó, vacilante, enturbiada por lágrimas.

—No. Tranquilízate. Tu madre está bien.

El muchacho lanzó un suspiro. Comprendía que la ausencia de Aurelia resultaba dramática, aunque no la provocase la muerte.

—Lo que debo decirte es grave, pero no quiero tratarte como un niño. Dentro de un mes cumplirás doce años.

Gregorio intentó mostrarse firme.

—Te ayudaré. Dime lo que pasa.

Julián tomó un respiro. Debía medir sus palabras.

—Antes de dar este paso he meditado mucho, y creo más noble que conozcas toda la verdad.

La sangre huyó del rostro de Gregorio. Su corazón de niño, rechazaba el sufrimiento.

El padre, evitó su mirada. Sabía que buscaba, para destruirlo, su sentimiento más firme.[31]

—Tu madre nos ha dejado.

—¿Dejarnos?

—No es fácil de entender. Yo mismo no encuentro palabras que expliquen lo sucedido sin herirte.

Sentía un miedo cobarde, mezquino. Volvió a suplicar.

—No sufras por ella. Está buena y sana, tan buena y sana como yo.

Aquellas seguridades aumentaron su congoja. Un minuto antes le hubieran sosegado. Ahora, la certeza de que su madre vivía le obligaba a inclinarse sobre un misterio mayor.

—Quiero que sepas que no volverás a verla.

—¿Por qué?

—Ya lo he dicho, nos ha dejado —guardó una pausa profunda y susurró después, como avergonzado—. Se ha ido con otro hombre.

Gregorio quedó inmóvil, sin entender. Poco a poco, la luz se hizo en su cerebro y gritó con una seguridad que paralizó el corazón de su padre.

—¡Estás mintiendo!

Se trata de una historia dolorosa, ridícula. Se hallaba bajo la mirada del hijo, sometido a su posible desprecio.

—Me engañó siempre. Primero en la isla, más tarde en esta ciudad. Por mucho que me cueste decirlo, es una mala mujer.

Semejante a un cachorro presto a saltar, las manos del

---

31. "Sabía que estaba buscando para destruirlo, su sentimiento más entrañable." (1955, 198).

muchacho se dirigieron hacia la garganta del padre. El hombre le detuvo.

—Perdona. Será la última vez que oigas tal cosa. No volveremos a nombrarla. Me arrepiento de no haberte engañado, hubiera sido más fácil para los dos.

Gregorio intentaba asimilar aquella desgracia más terrible que la muerte.

—¿Tienes pruebas?[32]

Ya no era el hijo que defiende, ciegamente, a la madre. La duda había entrado en su corazón.

—Por desgracia, cuanto he dicho responde a la pura verdad.

Gregorio se contrajo asqueado de la visión de su madre junto a otro hombre, de su madre riendo, de su madre desnuda.

---

32. "¿Estás seguro de que es cierto lo que me has contado?" (1955, 200).

XIX

Aurelia había dejado la casa sin explicarse la reacción de Julián que caminaba delante, a grandes zancadas. Le siguió inconsciente, sin saber por qué gritaba y admitió la posibilidad, cuando uno de los hombres que le precedían se volvió para advertirle.

—¡Calle! ¡No arme escándalo!

Por tanto, había gritado.

Continuó detrás de su marido, ciega de lágrimas, intentando darle alcance.

Bajó las escaleras, cruzó patinillos y alcanzó el zaguán rodeada de puertas abiertas, de miradas curiosas, de miradas hostiles.

En la calle, esperaba una berlina. Alguien le invitó a subir.

—Entre deprisa —aconsejó.

—¿Y Julián?

—Va en otro coche.

Mientras avanzaba hacia su destino, intentaba explicarse lo sucedido. Julián le había pedido llevar un paquete a Maldonado y esperarle en el cuarto. No era la primera vez que se ocupaba de traer a la pareja, cosas necesarias. Por eso no vaciló.

Había entrado en el dormitorio, le había sorprendido la cama deshecha y había aguardado la llegada de su marido. Después, todo se volvió confuso.

Los guijarros del pavimento zarandeaban la berlina. Sus muelles se quejaban.

—¿Dónde me llevan?

Al instante se arrepintió de la pregunta. Alargó una mano con la intención de abrir la puerta. Era preciso que el coche se detuviera y ella pudiera salir.

Tiró del pomo. El hombre que le acompañaba detuvo su gesto.

—No haga tonterías.

—Debo volver a casa. Quiero bajar.

—Ya hemos llegado.

El coche se había detenido ante la puerta de un gran edificio, abierta de par en par.

—¿Dónde estoy?

—Su marido le espera.

Una religiosa, de paso delicado, avanzaba a su encuentro.

—¡Vamos hija! No hay que tener miedo. En la calle no puede quedarse.

Los hombres permanecían al acecho.

Aurelia dudó. Finalmente se dispuso a seguir a la monja.

La recibió un patio desabrido.

—Ayúdeme madre. No entiendo lo que pasa.

La otra sonrió, blandamente.

—Le ayudaremos. A todas les sucede lo mismo. Pecan y luego se arrepienten de lo hecho.

La gran puerta se había cerrado. Las cerraduras, bien engrasadas, no chirriaron al correr los pestillos.

—¿Pecar?

—Si hija. Pero no desespere. La misericordia de Dios es grande.

—No he pecado. Sé muy bien, lo que hice. Me levanté

temprano, ayudé a Gregorio y a Julián. Gregorio es mi hijo. Luego almorzamos. Más tarde mi marido me pidió que llevase un paquete a casa de un amigo suyo, Ignacio Maldonado.

—Así, que ¿su marido se lo pidió? En ese caso todo se arreglará. Parece que no tiene familia y en alguna parte debe pasar la noche.

—¿Pasar la noche? Si no está Julián me marcharé.

Se volvió. Tropezó con la puerta cerrada.

La religiosa no dejaba de mirarle, sorprendida de su desconcierto, de su aparente sinceridad.

—Quédese. Está cansada.

—Lo estoy. No me explico lo que sucede.

—Mañana lo verá claro. Siempre sucede igual.

—¿Siempre?

—Tengo experiencia. Nunca se piensa que el Final llegará y cuando se produce les coge desprevenidas.

La religiosa había presenciado muchas "entradas", creía conocer el corazón humano.

Se volvió hacia la galería. Llamó.

—¡Fuensanta!

Aurelia no se dio por vencida.

—Déjeme ir. He de hablar con mi marido.

—La esposa obedecerá al esposo, ya lo sabe, y es voluntad suya que pase la noche con nosotros—. Hablaba con sosiego, no exento de cordialidad—. Si se porta bien y no pierde la calma, todo se arreglará.

Apareció Fuensanta, una mujer, hermosa, un punto marchita[33].

—Acompáñela al dormitorio. Se trata de un ingreso.

33. El caso de la cliente de Fórmica, Antonia Pernia, famoso porque sobre él se inició la campaña para los cambios del Código Civil, es parecido

En el cuarto Aurelia preguntó.

—¿Por qué no me dejan salir? Debo hablar con Julián, tiene que explicarme lo que sucede.

—Estamos encerradas. ¿No te das cuenta? —había algo muerto en su voz.

El alarido de Aurelia, azotó los patios.

—Con gritos no arreglas nada. Mejor que intentes dormir, estar descansada para lo que te espera.

—Y ¿qué es, lo que me espera?

Fuensanta sonrió, con su sonrisa amarga.

—Estás depositada. Te cogen y te depositan. Se depositan cosas, dinero, mujeres. Mujeres también —su sonrisa se apagó.

—¿Depositar?

Fuensanta tomó el vaso sobre la cómoda y lo trasladó a la mesa.

—Depositadas como objetos. El poso de su amargura había subido hasta su belleza, enturbiándola.

—No hice ningún daño. Juro que no hice nada malo. Déjame salir.

—Todas decimos lo mismo. Y en realidad ¿qué otra cosa podemos? La ley es una trampa, dispuesta para que caigamos en ella las mujeres.

Aurelia escuchaba a Fuensanta casi fascinada. La otra siguió con su acento muerto.

en lo que a violencia doméstica se refiere, al de Fuensanta. Véase esta referencia a Pernia en el conocido artículo de ABC: "Un marido que se niega a entregar a la esposa el producto de su trabajo para mantener a la familia, compuesta por los padres y tres hijos; una esposa que, a fin de sacar adelante a esa misma familia, se afana en tareas agotadoras, de la mañana a la noche. A menudo, ruega al marido que cumpla con su obligación de jefe de la casa. El marido se limita a golpearla, límite bastante suave en un hombre que llegaría hasta el parricidio." ("El dominio conyugal", *ABC,* 7 noviembre, 1953).

—Los hombres pueden hacer esto y lo otro, y mucho más si les apetece. A nosotras nos están prohibidos todos los caminos. ¿Eres casada?

—Sí.

—Y siéndolo, te atreviste. Y además lo habrás hecho mal.

—¿De qué hablas?

—No finjas. No te servirá. —Fuensanta pareció revivir—. Sé muy bien lo que has hecho. Has estado sola en la habitación de un hombre. ¡Contesta! ¿Has estado sola en la habitación de un hombre?

Aurelia afirmó.

—Lo suponía. Es el laberinto de siempre, la misma trampa. Hay una salida, pero no la conocemos —suspiró—. A mí, también me cazaron.

—Yo...

—Tú, ¿qué? Conozco la escena. Se preparan las piezas, se unen, y una vez unidas no hay escape posible, te han cazado. ¿Lo entiendes ahora?

Enturbiados por los recuerdos, sus ojos apenas distinguían a la nueva.

—¿Había una cama en el cuarto? —aguardó—. Te pregunto si había una cama en el cuarto.

La otra volvió asentir.

—¿Una cama deshecha? ¿Con el hueco de un cuerpo?

—Sí.

—Estaba segura —su voz tenía acento de imperceptible triunfo—. Y además unas copas y una botella de vino. ¿Había todo eso?

Los ojos de la mestiza decían más que las palabras.

Fuensanta resumió, casi alegre.

—¡Claro que había todo eso! Siempre sucede igual.

—Yo... —volvió a insistir.

—¿Eres tonta? ¿O, te divierte jugar a tonta? —demandó, irritada—. Escucha. No se puede ir sola a la habitación de un hombre, no se puede ir al cuarto de un hombre donde haya una cama deshecha. Basta para perderlo todo.

El corazón de Aurelia había comenzado a latir, agonizante. Cada latido traía un dolor nuevo.

—Sé lo que vas a decirme, que los hombres hacen cosas peores y que tú estabas enamorada. El amor de una mujer no cuenta, cualquier amor puede perdernos. Se nos caza con facilidad, no como a ellos que, aunque nieguen a sus hijos hasta el pan, no puedes perseguirlos. Para perdernos a nosotras, basta un cuarto, una cama, una botella.

Aurelia había dejado de llorar, hechizada por las palabras de Fuensanta que parecía sumida en una especie de letargo.

—Créeme, yo no hice nada.

—¿No hicistes? —la miró, con desprecio—. Yo sí —sus prendas groseras, color de la ceniza, se irguieron con ella—. Mi marido me engañaba, mis hijos carecían de lo necesario. Intenté traerle al buen camino y cuando fracasé quise castigarlo. Has de saber que a un hombre, no se le castiga con facilidad. Los hombres están protegidos por leyes que ellos mismos se han dado —guardó una pausa ligera—. Apareció el otro, me ayudó y le quise.

Tú conoces el ánimo de una mujer que se siente despreciada y lo que experimenta y siente cuando la tratan con ternura.

Debes saberlo, todas sabemos un poco de esas cosas —fue a sentarse junto Aurelia—. Un día me cazaron.

Hacía mucho que no hablaba de esto con nadie. Ahora, ya no cruzan la puerta mujeres como nosotras. Ahora, son más cautas, o tienen menos sangre en las venas, o temen que les quiten a los hijos.

—¿Los hijos? —la voz de Aurelia era un desgarro, sus

ojos dos pozos de miedo—. ¿Has dicho quitarle los hijos?

Fuensanta acarició sus manos.

—¡Cálmate! —se compadecía, finalmente, de ella—. No grites, no he querido decir eso. No te quitarán a tu hijo. Mañana lo aclararás.

—Julián no permitirá que me quiten a Gregorio.

—¿Quién es Julián?

—Mi marido.

—Tu marido. ¡Claro que no lo permitirá!

—Mañana me sacará de aquí.

—Por supuesto.

—Todo ha sido un mal entendido.

—Eso. Un mal entendido. Desnúdate, mejor que te eches un rato.

Obedeció.

Fuensanta lo hizo en la cama vecina. Había una lamparilla de aceite, ante un santo de escayola.

—No me quitarán a Gregorio.

—No te lo quitarán.

—Julián no consentirá tal cosa.

—Desde luego.

—Yo no hice nada malo.

—Tú no hicistes nada malo.

Necesitaba confirmar, en voz ajena, su propio y ardiente deseo.

—Dime. ¿Cuánto tiempo llevas encerrada?

—Doce años.[34]

34. "Nueve años." (1955, 210).

XX

L a evocación de su pasado, soliviantó el ánimo de
Fuensanta que dormía, entre gemidos, un sueño inquieto. Aurelia no podía separar sus ojos de ella.

Había dicho que llevaba doce años encerrada, que había tenido hijos, que había sido cazada en una trampa[35].
Suspiró.

El recuerdo de Gregorio arrastraba tanta pena que acabó por alejarlo.

Intentó asirse a una falsa seguridad, pensando que las
sospechas de Fuensanta eran infundadas.

No podía negar que había estado a solas en el cuarto de
un hombre, pero ese hombre era el íntimo de Julián y si
había ido a su casa, lo hizo siguiendo órdenes de su marido.

Era cierto, también, que en el cuarto había un lecho en
desorden, ella misma se sintió turbada, pero la mujer de
Chano estaba en el hospital y su enfermedad disculpaba el
descuido del dormitorio.

Tampoco podía negar la presencia de la botella y las

35. "Había dicho que llevaba nueve años encerrada, que había tenido
hijos y también que había sido cazada en una trampa." (1955, 211).

copas, tal como Fuensanta había descrito. Sin embargo podía tratarse de una coincidencia que carecería de importancia. Todos sabían que Maldonado era un bebedor.

Se esforzaba en olvidar el gesto insólito del hombre que produjo el desgarro de la blusa.

La campana que regía la vida del establecimiento arrancó a las mujeres del sueño. Embrutecidas por el cansancio se dirigieron a la capilla.

La iglesia devolvió a la mestiza parte de su paz. Dios, no podía abandonarla. De vuelta en el dormitorio, iniciaron la limpieza del cuarto.

—¿Tienes hijos?

—Si, uno, Gregorio.

—Yo tengo tres, dos niños y una niña. Todos han crecido lejos, aborreciéndome.

Interrumpió el barrido y permaneció absorta. Olvidó la escoba que cayó al suelo. El golpe la sobresaltó.

—A la niña no la conozco, tenía tres años el día que me la quitaron. Ahora irá para los quince[36]. Hablaba como si repitiera un solo y obsesionante pensamiento. Me pregunto, por qué nos tratan de esta manera. Los asesinos pueden ver a sus hijos y los ladrones. Nosotras no.

Soy culpable, nunca lo negué, pero quiero a mis hijos —aspiró una bocanada de aire que arrastró hasta sus entrañas la congoja que sentía. Apoyó la cabeza en la pared. Comenzó a llorar—. Nunca he dejado de quererles. Con el pensamiento los he visto crecer y convertirse en hombres y mujeres. Cuando estaban enfermos lo presentía y

---

36. "A la niña no la conozco —murmuró después con una voz triste, dulce—. Acababa de cumplir los tres años cuando me la quitaron. Ahora irá para los doce. Será casi una mujer." (1955, 212).

su dolor estaba en mi carne, aunque nadie tuvo la caridad de advertirme en qué momento me necesitaban.

Siempre los he querido —insistió— jamás dejé de quererles, ni cuando quise al otro —se acercó a su compañera—. Es fácil de entender. Nunca dejé de ser madre, aunque buscase un poco de ternura en otra parte —limpió sus lágrimas con gesto exento de violencia—. Todavía no me explico que entregaran mis hijos a su padre que andaba de juerga con unas y otras y fue culpable de que yo mirase a otro hombre —recogió la escoba—. En este encierro he sabido que las mujeres somos, lo que el hombre que nos toca en suerte se empeña que seamos.

Me casé enamorada de un marido que me trató como una bestia. La niña, ésa que apenas conozco, la concebí en una borrachera suya. Durante el embarazo no dejó de pegarme y la tuve sola, con mis dolores.

El la vió, por primera vez, al cabo de una semana. Ni siquiera la miró.

—"¿Es esto lo que sabes hacer? ¿Parir hijos?"

Yo disponía el almuerzo.

Mi marido arrojó su plato, al suelo.

—"No quiero más hijos, ¿entiendes?. Los hijos traen disgustos y gastos y bastantes disgustos y gastos tenemos en esta casa."

Como digo, preparaba el almuerzo. No había entregado dinero y temía pedírselo. Se gastaba fuera lo que ganaba y luego organizaba un escándalo para que no me atreviese a pedirle cuentas.

Yo era entonces —lo juro por la salvación de mi alma— una mujer buena, que no había mirado a otro hombre.

Cuando terminó de comer le recordé el gasto de la casa.

—¿Dinero? —gritó—. Eres una zorra, tienes lengua de zorra. Sólo sabes pedir dinero y parir.

Se largó, dando un portazo.

207

MERCEDES FÓRMICA

—Había vendido lo poco de valor que traje de mi casa y había llegado al límite de mis posibilidades.

Entonces, aquel hombre, se compadeció de mí.

—"No mereces la perra vida que te dan".

No dijo más. Fíjate que fue bien poco, pero en ese instante empecé a quererle—. La nariz de Fuensanta vibraba como si aspirase un aroma conocido. Se interrumpió, aturdida por los recuerdos.

—Lo llevo en el corazón, lo querré siempre. ¡Hasta que la sangre se pare y mis ojos cieguen!

Sus palabras revelaban un mundo amargo, posible. ¿Acaso ella también, había sido condenada a un destino semejante?

La mañana se volvió extraña.

Al desconcierto de Aurelia, privada de libertad, se añadía la certeza de ser víctima de una injusticia.

Tras el desayuno, se incorporó a la vida del establecimiento. Cincuenta mujeres, responsables de diversos delitos, se convirtieron en sus compañeras.

Tomó asiento en los talleres, junto a Paquita.

—"Por nada del mundo volveré a meterme en un embrollo" —solía decir—. "Yo no quería. Os juro que no quería hacerlo, pero me obligaron. Así que tuve que entrar en la tienda y apoderarme del búcaro."

"Un bucaro precioso, una taza. ¡Quién iba a decirme que tuviera tanto valor! Lo supe más tarde, cuando la vi retratada en un libro. La misma taza que había robado. Yo creí que cogía una de barro."

La celadora indicó a la nueva el manejo del esparto.

Aurelia ya no esperaba ayuda de su marido.

—Nos acusan de un delito y nos tratan igual que a delincuentes —había advertido Fuensanta.

Una joven pelirroja descorrió el lienzo que cubría la cristalera. Un chorro de luz, inundó el taller.

—"La señora dejaba los anillos en una bandeja. Los anillos y todo lo demás, collares y pulseras. No había sino decidirse. Mi abogado lo explicó en el juicio.

"La culpa fue de la señora. No puede dejarse una fortuna al alcance de quienes pasan hambre."

Lo del hambre no era cierto, en aquella casa nunca tuvimos el estómago vacío. Mi familia sí pasaba necesidad y yo creí que los señores no me denunciarían."

Aurelia apretó los dientes.

Los gestos quietos de las cincuenta mujeres azuzaban su malestar.

La puerta del exterior se abrió de golpe.

Entró Josefina, que volvía de los lavabos. Padecía una enfermedad de riñón.

—"Lo veréis. Veréis, cómo un día, me desangro delante de vosotras. No me hacen caso porque sospechan que finjo. El médico es incapaz de distinguir una sangre de otra."

Inesperadamente, Manuela se levantó. Sus compañeras retuvieron el aliento.

—¿Quieres algo? —preguntó la celadora.

La parricida le miró a los ojos, volvió a sentarse y reanudó su tarea. Todas le miraban con cuidado. Sabían que había matado a un hombre[37].

—"No podéis entenderme. Nadie puede. Yo estaba en la cuadra, mi madre gritó. Fue un grito espantoso que nunca he olvidado."

Mi padre me detuvo. Su escopeta humeaba.

---

37. Fórmica relata este caso en su libro inédito de memorias, *Espejo roto* como uno de los que recuerda más vivamente entre los que trató en sus años de abogada de mujeres.

—"No entres".

Entré.

Mi madre estaba muerta, sobre la cama. Su amante había logrado escapar.

Me quedé junto a mi madre, llorando, hasta que alguien se compadeció y me hizo salir del dormitorio. Dijeron que mi padre había hecho lo cabal, lo que cualquier hombre de bien, hubiera hecho en su caso. La justicia no le persiguió.

—Me casé joven. Ahora soy vieja y no podéis imaginar que haya sido muy guapa. Lo fui y quise, ciegamente, a mi marido. Un día, lo sorprendí con otra. Disparé sobre Juan y los jueces me condenaron a cadena perpetua, como si mi corazón fuese de peor ley que el de mi padre.

La celadora se puso de pie. Se trataba de un gesto convenido. No bien se levantaba, las cincuenta mujeres iniciaban la salida del taller.

Aurelia sintió un golpe en la rodilla. La muchacha que le seguía le había empujado. El tuteo le sorprendió.

—¿Te pasa algo?

Fuensanta aguzó el oído. Llevaba muchos años repitiendo el mismo gesto.

—Esa pisada es la de Anita, aquella la de Isabel, cuenta siempre las mismas cosas, pero no ha perdido su alegría. A su lado se recuerda que la vida sigue.

—Me hicieron bailar con un traje de lentejuelas. ¡Bueno!, eso de llamar traje a un metro escaso, es un decir.

Tenía que bailar la rumba. ¿Sabéis lo que es? Te imaginas, que… ¡Bueno!, que lo imagine la que lo sepa.

Las plumas de mis adornos se movían como si le hubiesen dado cuerda. Traje no llevaba, pero plumas, ¡un pájaro completo! Tuve mucho éxito. Sin embargo por ser menor de edad me echaron el guante.

Aquellos pasos eran los de Isabel. Sus pasos —al menos— seguían vivos.

La comida de la noche consistía en un plato de garbanzos. Aurelia contemplaba los rostros de sus compañeras, el gesto agrio de Fuensanta y le parecía hallarse en lo profundo de un sueño.

Los cincuenta cubiertos rozaban la loza. Cincuenta cubiertos manejados por cincuenta mujeres encerradas en un círculo de agonía.

Ana, pensaba en su padrastro, no tenía otro tema de conversación[38].

—"Me perseguía. Mi madre se hacía la tonta. Al fin y al cabo soy vieja y él nos mantiene".

Le clavé un punzón en los ojos. A mi padrastro. Dijeron que tenía malas intenciones. Yo sé que no es cierto.

La hora del lavadero y el silencio. La hora de la espartería y el silencio. Los paseos, obsesionantes por el patio en compañía de cincuenta mujeres.

Al igual que Fuensanta, Aurelia empezó a conocer las pisadas.

—Esa es Manola y aquella María, tiene una herida en el pie, por eso renquea.

Del exterior no llegaba ningún eco. Aurelia experimentaba la sensación de haber sido sepultada.

38. La única compañera de Fórmica en su primer año de universidad en Sevilla, Laura, presenta semejanza con este personaje. Cf. *Visto y vivido*, 75-76.

XXI

La superiora vino a decirle.

—Lo suyo va rápido. Dispóngase para salir.

Hacía días que Aurelia había dejado de pensar. Ya no intentaba comprender lo sucedido.

El cambio inesperado la hizo revivir.

—¿Podré ver a Gregorio?

—Antes pasará por el juzgado. Doña Manolina le acompañará.

En la secretaría, la mesa del magistrado estaba desocupada. En su lugar le recibió un hombrecillo de mediana estatura que indicó, con el gesto, donde debía sentarse.

Se caló las gafas, demandó la filiación de Aurelia, y anotó los datos con una letra menuda, precisa.

—Puede tomarse el tiempo que necesite para contestar mis preguntas. Diga lo que tenga que decir con calma, sin precipitaciones.

Parecía un buen hombre, con el cuello mal planchado, el traje deslucido.

Aurelia sonrió, dando a entender, que no necesitaba tiempo para pensar.

—Como guste. ¿Viven sus padres?

—No.

—Tiene familia en Cádiz?

—Mi hijo y mi marido.

—Me refiero a hermanos, parientes.

—No tengo a nadie. Soy de la isla de Luzón, en Filipinas. ¿Son necesarias tantas preguntas? Yo...

El hombre dominó un gesto de fastidio. En extremo meticuloso le desconcertaban las alteraciones de su rutina.

—Le ruego que no interrumpa. Ya llegará su momento. Limítese a contestar si estuvo en casa de un tal Ignacio Maldonado.

—Mi marido me pidió que fuera.

—Conteste, simplemente, sí, o no.

—Sí.

—¿Estuvieron solos?

—Esperaba a Julián y...

—Conteste sí, o no.

Los ojos de Aurelia vacilaron.

Aquel hombre de aspecto bondadoso, quizás preparaba la trampa que le perdería.

Se irguió, en el deseo irresistible de seguir respirando. El corazón golpeaba, a golpes ciegos.

—Tranquila. Sólo quiero que me diga si usted y el señor Maldonado se encontraban en el dormitorio de este último, la tarde de —consultó un libro, precisó la fecha y al comprobar que Aurelia guardaba silencio, inquirió— ¿Se niega a responder a mis preguntas?

Aurelia captaba el movimiento de sus labios, llena la mente del lacerante deseo de conocer las razones que inspiraban la conducta de Julián.

Con tesón de hombre minucioso el funcionario insistió.

—Responda. ¿Había una cama en el cuarto? ¿Una cama deshecha? Todo se desarrollaba tal como Fuensanta había previsto.

214

—Los testigos han declarado que había bebidas en el dormitorio y que su blusa, estaba desabrochada. Bebieron ¿Verdad?, y luego yacieron juntos, consumando el adulterio. Cuando golpearon la puerta, se vistieron precipitadamente.

El despacho del juzgado, con sus legajos polvorientos, el escribiente mal trajeado, y aquel olor repugnante a materia seca, quedaba en segundo término. Aurelia era consciente que su marido, el hombre que amó, se disponía a perderla.

—¿No quiere contestar? Haga lo que guste. Su negativa servirá de poco. Son suficientes el acta notarial y las declaraciones de los tesgigos.

Los sollozos de Aurelia aumentaron. El recuerdo de Gregorio apenas lo soportaba.

—Firme aquí.

—¿Que será de mi hijo?

—Cuando haya firmado lo sabrá.

Miró su propia mano detenida sobre la cuartilla.

—No firmaré.

—Ya dije que bastaba con los testimonios oculares.

Una semana más tarde le notificaron la sentencia.

Se consideraba probado el adulterio, tipificado como delito en el artículo del Código Penal y se le condenaba a diez años de prisión que cumpliría en el lugar que su marido indicase —cárcel, o convento de arrepentida— por tratarse de un delito perseguido a "Instancia de parte"[39].

39. "Días más tarde, le entregaron la sentencia. En el extraño papel se decía que habiendo resultado probado el caso de su adulterio, se le aplicaba la pena establecida para aquellos casos por el Código Penal, condenándosela a diez años de prisión menor que cumpliría en el lugar que su marido indicase." (1955, 224).

Las mujeres miraban a su compañera de encierro sin disimular su estupor. Convictas de sucesos graves —homicidios, asesinatos, estafas— no entendían la dureza de la resolución judicial.

—No lo comprendo. "Apiolas" a un prójimo y con un poco de suerte te echan a la calle.

—Los cuernos tienen más pena.

—¿Podrá ver a su hijo?

—No.

—¿Y eso?

—Cosas de la ley.

—A Carmen le dejaron a su criatura hasta que cumplió cinco años y todas sabemos que Carmen abrió la cabeza de su madre, a golpes de hacha, por unos dineros.

Aurelia tenía grabada la sentencia.

"Diez años de prisión. La guarda del hijo confiada al padre. Denegada toda relación con el menor[40]."

Luisa, la ladrona, podía ver a su hijo. Carmen, la parricida, también. Y tantas otras. Sólo con ella la ley actuaba sin piedad.

Con ella y con Fuensanta, privada de sus hijos por haber querido a un hombre. La existencia de Aurelia se reduciría a la hora del lavadero y el silencio, de la espartería y el silencio, los paseos aobsesionantes, la monotonía y la soledad.

Recordó la última vez que vio a Gregorio, el día que fue a la vivienda de Chano. Tendido en el borde de la alberca lanzaba unos anzuelos al agua mientras Carmen, le contemplaba radiante.

40. "Aurelia releía la sentencia. 'Diez años de prisión. La guarda del hijo será confiada al padre. A la madre se le prohibirá ver al menor'. Las palabras, es cierto, estaban allí pero para ella carecían de significado. Era como un lento y sutil entendimiento que no acababa de cristalizarse." (1955, 225).

Y no le besó por miedo a espantar la pesca.

Nunca volverían a verse, ninguna fuerza humana los reuniría y cuando se encontrasen de nuevo, Gregorio se habría convertido en un extraño que tal vez la despreciase.

—"Mis hijos han crecido lejos, aborreciéndome– había confesado Fuensanta —la pequeña no me conoce—. Tenía tres años cuando me la quitaron."

Gregorio se alejaba de ella, inmerso en calumnias, reducido a una voz, a la huella de una caricia, al murmullo de los anzuelos hundiéndose en el agua.

Estaría triste y ella no le consolaría, enfermo y no podría cuidarle. Un día, la superiora le anunciaría que Gregorio había muerto.

De la garganta de Aurelia salió un estertor. Las presas la vieron pasar, rígida, camino de la enfermería.

Aquella tarde, Bárbara llegó a la ciudad.

En el hotel, a solas con su amante, preguntó.

—¿Y no hay riesgo para nosotros? Al fin y al cabo hacemos lo mismo que ha condenado a tu mujer.

—Pierde cuidado —la tranquilizó Julián— las leyes son distintas para los hombres.[41]

41. "Pierde cuidado. Las leyes son distintas para nosotros". (1955, 228).

217

XXII

El estuche de la guitarra aparecía recostado en la pared. Las ancas de un toro, teñidas de sangre, se destacaban con agresividad, entre la moña negra de la divisa de la ganadería y las piernas ágiles de la "bailaora".

Una voz, arropada entre palmas, cantaba por "alegrías".

La luz de la pantalla iluminaba el rostro de la mujer, su negro cabello lacio, la flor que le adornaba. Fuera, el levante agitaban las persianas.

—¿Eres forastero?

El hombre movió la lengua, levantó un brazo, señaló la botella.

—¿Más vino?

Asintió.

Bastaban los gestos, como en las charlas con gentes extranjeras.

—Cantan como grillos —sentenció una mujer.

—Si te parece les digo que callen. —Y al comprobar que Maldonado no respondía, se encaró con el grupo.

—¡Ustedes! Aquí, el capitán que calléis.

El rostro de Chano se iluminó con una sonrisa. Le agradaba haber sido llamado capitán.

—Sigan.

Temía el silencio.

Volvieron al cante, las palmas, el taconeo. Las mujeres trasmitieron su inquietud.

—¿Estás segura que puede pagar la juerga?

—Lo estoy. Es más rico que el Rochil.

—¿Con esa pinta?

—Lleva en la cartera muchos miles.

—¿Miles?

—Miles.

—Será un ladrón.

—Ni ladrón, ni ladrona. Un hombre de posibles.

El perfume a heliotropo sofocaba. Alguien, abrió un postigo. El viento levantó el cartel, arrancó la divisa, ahogó el rasgueo de la guitarra.

—¿Queréis cerrar? —gritó una voz iracunda.

Se aplastaron las maderas y de nuevo volvió el sopor, la concentrada alegría.

—Han llamado a Pepe "El Almendro", y a Concha la de Jerez.

¿Dices que lleva encima los billetes?

—Lo dije.

—¿Cambias tu silla por la mía?

—No cambio mi silla ni con el mismo moro Muza.

—No será mi persona quien pelee por esa prenda. Pero escucha, ese cristiano está loco.

—Calculo, que el dinero de un loco será tan bueno como el dinero de un cuerdo.

—A mí, los "chalaos", me ponen el vello de punta.

—Eres muy delicadita.

—Si buscas bronca pierdes el tiempo.

—De eso, sólo tienes ganas tú.

Seguían las palmas.

A veces, las palmas cesaban. Enseguida, renacían,

220

perezosas. El taconeo encadenaba un compás sordo.

—Mi padre, el pobrecito, se volvió "gilí". Le dio por los celos y apuñaló a mi madre. Antes de tirarse por el balcón, dejó un papel escrito:

"Lo hago, porque me pone los cuernos. Esos cardenales que tiene en las espaldas, otro se los haría, que yo, ya, dientes no tengo."

¡Cosas de "chalaos"!

Las manchas se las hizo a mi madre, la soga del pozo. Cuando se la colgaba a los hombros para subir los cubos.

Mi padre ni siquiera penó. Has de saber que la muerte que comete un loco, es lo mismo que si fuera muerte natural.

—¡Calla!

—No me da la real gana.

Las mujeres permanecían en sus sillas, inmóviles cazando el silencio que se producía entre las palmas.

El guitarrista apoyaba la frente en el instrumento, los ojos entornados, mientras el cantaor, —músculos de la garganta tensos— dejaba escapar su lamento entrañable.

—Dicen que los chalaos, cuando son pacíficos, son más buenos que los cuerdos.

—A ese cristiano quisiera verlo con una cabriteña.

—Le pediré un vestido y me lo dará.

—Los locos, ya se sabe, lo mismo dicen sí, que no.

La flor temblaba en los cabellos de la bailaora. El tiempo no cumplía en aquella circunstancia y todo se volvía presente angustioso.

—Si ese toro se volviera, y me clavase los cuernos descansaría.

Chano llevó la mano al corazón, como si recibiera la cornada.

—¡Cuidado! El forastero va a tirar de cartera.

—Te equivocas, tiene ganas de arrojar.

221

Seguía con la mano en el pecho, los ojos fijos en el cartel que anunciaba una corrida vieja.

No acusaba a Julián, tampoco a Esperanza, su culpa le pertenecía.

—Debí quedarme en mi pozo. Mejor la muerte en una cuneta, que esta agonía que me traspasa.

Cerró los ojos.

Una de las mujeres reconoció.

—Estás en lo cierto. El embarcado va a vomitar.

La escritora Mercedes Formica en la actualidad (1991).

Escena familiar: Mercedes Formica con su hermana Elena y los hijos de ésta (hacia 1970).

XXIII

L e dijeron que había tenido suerte. Su marido consentía que cumpliera la condena en un convento de Filipinas. Que un barco, —"El Infanta María Teresa"⁴² — le llevaría al archipiélago.

En el momento de la despedida Fuensanta comentó.

—Vuelves a lo tuyo. Entre nosotras siempre te hubieras sentido extranjera.

La partida del barco se demoraba a causa del levante. Tendida en la litera, aguardaba el instante preciso, la inteligencia alerta.

Todos la habían juzgado torpe, primitiva, resignada, pero tendría que estar muerta para dejar a su hijo.

El mal tiempo relajó la vigilancia. Aurelia aprovechó la ocasión para salir de la cabina, deslizarse por el muelle entre fardos de naranjas y alcanzar la calle que guardaba a su criatura.

42. "Que un barco llamado el 'Santa Cristina' la llevaría a la isla." (1955, 235).

En la Alameda de Apodaca, el viento formaba remolinos de polvo en las esquinas, y de las rocas de los "Baños del Carmen", llegaban latigazos de mar enfurecido.

Ante la Iglesia del Rosario se detuvo. Con toda certeza habrían descubierto su fuga y la estarían buscando.

Llegó a casa del almirante. Tiró de la campanilla. Gritó.

—¡Gregorio! ¿Me oyes?

Los balcones de la "casa de al lado" se abrieron de par, en par. Despuntaba el día, y a la terraza del Asilo se asomaron los ancianos.

—¡Gregorio! ¡Hijo!

Negras cabelleras sueltas, blusas desabrochadas, rostros afeados por el maquillaje corrompido, cercaron a Chano.

—¿Qué buscas?

—Una ventana.

Gritaban allí mismo. Gritaba una mujer. Un chirrido lacerante, que pudría la sangre.

Con la luz exterior, entró el alarido de Aurelia.

—¡Gregorio! ¡Hijo! ¿Me oyes?

—Que calle esa mujer. Daré todo mi dinero a quien haga callar a esa mujer.

—¿Y qué te importa que grite? ¿Qué te va, ni te viene?

Los ancianos del Asilo se disputaban los mejores rincones, atraídos por el espectáculo de la calle.

Carmen, lloraba en su dormitorio, transida de pavor. Le habían dicho que la madre de Gregorio había muerto y ahora la oía gritar, bajo su propia ventana.

Dominando sus nervios Rosalía ordenó a Setefilla. Sal por la puerta de atrás y avisa a la policía. Que se lleven a esa mujer.

La de Paterna, no se movió.

—¿Acaso hablo en chino?

La otra continuó, impertérrita.

—En mi casa no tolero insolencias.

La criada desapareció, revestida de dignidad. Jamás sería cómplice de la canallada de quitar un hijo a su madre.

Refugiado en la torre, Gregorio pegaba la frente a los ladrillos del suelo, los brazos sobre la cabeza, intentando sofocar el grito de su madre.

Sentía el impulso de correr a su lado, de besar sus cabellos, de alzarla de la tierra. Sin embargo, su padre había dicho que era una mala mujer, tan despreciable y vil como cualquiera de las mujeres de la "casa de al lado". Y a Gregorio le costaba que su padre no mentía.

—¿Me oyes?

Cada fibra del muchacho se alertaba con el grito.

—Tengo que ser un hombre. Mi padre no miente.

Apareció Carmen, a medio peinar, las trenzas deshechas. Vio a su héroe derribado en el suelo y por vez primera se sintió la más fuerte.

Se arrodilló a su lado, lo estrechó contra su corazón.

—¡Déjame!

Ella siguió acunándole.

—Deja he dicho.

Su rechazo, sin embargo, era cada vez menos obstinado.

Aurelia ya no gritaba.

De la calle subía un gemido sordo, una especie de lamento animal.

XXIV

Esperanza entró en el cuarto. Descubrió la cama deshecha, la mesa derribada, los vasos y la botella, unos guantes y un agrigo de calidad.

Abierta durante muchos días, la ventana había quebrado sus cristales.

—Me alegra verla —murmuró Encarnación a sus espaldas— ¿Qué le parece todo esto?

Y la vieja limpiadora señaló con los ojos el espectáculo.

Esperanza calló.

Las hojas de la ventana volvieron a golpear.

Cruzó el cuarto y afianzó el pestillo.

—Aquí no ha estado nadie, desde que pasó lo que pasó. Por eso la ventana no dejaba dormir.

La mirada de Esperanza contenía innumerables preguntas.

—Fue una tarde muy movida. En los años que tengo y tengo muchos, nunca vi nada semejante. En esta casa no sobra el dinero, pero tenemos vergüenza, y modos, y decencia. Esperanza se inclinó, recogió las prendas. Encarna, las sillas.

—Creí que se lo llevaron todo, pero ya ve la poca importancia que dan algunos a cosas de tanto precio. Acarició el abrigo, todavía con su aroma fresco.

—Gritaba como una loca cuando salió de aquí. Ella, la mujer. Partía el corazón oírla.

Hizo una larga pausa. Después, sonrió.

—Quién iba a decirme que el señor Ignacio estaba metido en un lío de esa clase—. Agarró un extremo del delantal y barrió los menudos cristales que permanecían en el repecho de la ventana—. En esta casa, ¿me oye?, se ha dicho de todo. Que si era, que si no era. Para mí, habían preparado una encerrona a la pobre criatura.

—¡Eso! —exclamó Esperanza, el corazón helado.

—Bastaba verla para saber que entre ella y el señor Ignacio no había lo que dijeron. Había venido otras veces, a traer ropas, pero usted vivía en el cuarto y calculo que no hubiera consentido ninguna indecencia.

Escrutó el rostro de Esperanza que seguía de pie, los guantes en una mano, el abrigo sobre el brazo.

—El, como digo, no ha vuelto por aquí y a ella, según me tienen contado, la embarcó el marido para unas islas que hay, más "pallá" de Barcelona.

Lloraba como una loca, reclamando el hijo que le habían quitado —el silencio del cuarto era hermético, de tumba vacía—. Dicen que el señor Ignacio, maneja ahora muchos miles. La hija de Paca Luna, la que se "echó a la vida", ha referido que lo vio en una casa de la calle Sacramento y su cartera parecía un enjambre de billetes.

Las manos de Esperanza, destrozadas por las lejías, se destacaban sobre el delantal.

—¿Cómo era la mujer? —inquirió, finalmente.

—Ni fea, ni guapa. Y por no mentir, horrorosa. La color quebrada, de mestiza, las facciones de china, los ojos estrechos y por esta parte —señaló el busto— más rasa que una tabla de planchar.

—¿Y dice que gritó?

—Lo dije. Todavía tengo metido sus gritos en las sienes.

Esperanza afianzó la ventana. Con gesto absorto se dirigió a la salida.

—¿No cierra la puerta?

Subió la cuesta de Plocia.

El levante en calma, dejaban un peso opresivo. Los tranvías la rozaban.

—¿Es que quiere matarse?

Por vez primera medía su conducta, como si una fuerza poderosa la obligara a volverse hacia el pasado y enfrentar sus consecuencias.

Los actos de Chano —perdón, caída, miseria— no hicieron sino ennoblecerle a sus ojos. Ahora había sido cómplice de la condena de un inocente, crimen impulsado por la pobreza que les cercaba, de la que ella era responsable.

Cruzó la calle. El bochorno dominaba el entorno. Halló refugio en la frescura de las murallas de Puerta Tierra. Estaba muy cansada. Había salido del hospital y no se había preocupado de aviar un poco de comida.

El perfume del abrigo, avivó su mente.

—Compraron a Chano para esto.

Ahora, cuando apenas recordaba las facciones de Manuel y su voz se había transformado en un eco, los hechos antiguos volvían para condenarla.

Cerró los ojos.

El carabinero que vigilaba el contrabando intentó auxiliarle.

—¿Está enferma?

Negó.

Su malestar no podía aliviarse. Alzó una mano, y detuvo un tranvía. Tomó asiento junto a la ventana.

Cruzaron el barrio de San Severiano, los jardines de Augusta-Julia, con sus flores marchitas, las viejas adelfas, lirios y jazmines.

En San José, las puertas del cementerio aparecían abiertas de par en par. Como de costumbre, un coche fúnebre aguardaba en la entrada.

—Ese pobre, ya tiene poco que hacer —comentó la viajera instalada a su lado[43].

Volvió la cabeza.

Las campanas de la parroquia volteaban.

—Cuando llegue el momento, ¿qué será de mí?

Entrevió la calle de sus amores, el techo de la casa que cobijó sus citas.

Aquellas horas felices, encadenaron estas hieles.

Sintió un escalofrío y se cubrió con el abrigo de Aurelia, su perfume la envolvió[44].

FIN.

43. Frase que no aparece en la edición de 1955.
44. "El perfume de Aurelia la envolvió. Era como el olor de una muerta, de una mujer, a la que ella sola hubiese asesinado."

ÍNDICE DE LÁMINAS

ESTE LIBRO
SE TERMINÓ DE IMPRIMIR
EL DÍA 23 DE ABRIL DE 1991
DÍA DEL LIBRO

—Sigan.

Temía el silencio.

Volvieron al cante, las ... trasmitieron su inquietud

—¿Estás segura que pu...

—Lo estoy. Es más ric...

—¿Con esa pinta?

—Lleva en la cartera m...

—¿Miles?

—Miles.

—Será un ladrón.

—Ni ladrón, ni torero...

El perfume a heliotro... postigo. El viento levant... gó el rasgueo de la guita...

—¿Queréis cerrar?

Se aplastaron las guitarr... concentrada alegrí...

—Han llamado... de Jerez.

¿Dices que lleva...

—Lo dije.

—¿Cambias tu...

—No cambio mi vida...

—No será mi p... escucha, ese el...

—Calculo, qu... como el dinero t...

—A mí, la...

—Eres muy d...

—Si buscas...

—De eso, sé...

Seguían las guita...

A veces, + la pal...

TÍTULOS PUBLICADOS